Arne

Bjørnstjerne Bjørnson

Arne

Copyright © JiaHu Books 2017

First Published in Great Britain in 2017 by Jiahu Books – part of Richardson-Prachai Solutions Ltd, 434 Whaddon Way, Bletchley, MK3 7LB

ISBN: 978-1-78435-222-6

Conditions of sale

A CIP catalogue record for this book is available from the British Library

Visit us at: jiahubooks.co.uk

Første kapitel

Der var et dypt stup nede mellem to fjæll; igjænnem det stup drog en vand-rik elv tungt hen over sten og ur. Højt var der op på begge sider og bratt, hvorfor den ene side stod bar; men tæt inunder og så nær elven, at den vår og høst la væte henover, stod en frisk skog i klynge, så op og foran sig og kunde hverken komme hit eller dit.

"Æn om vi klædde fjællet?" sa eneren en dag til den utenlandske ek, som den stod nærmere æn alle de andre. Eken så ned for at komme efter, hvem det var som talte; dernæst så den op igjæn og taug. Elven arbejdet så tungt at den gik hvit; nordenvinden hadde lagt in gjænnem stupet og skrek i kløfterne; det bare fjæll hang tungt utover og frøs ... "Æn om vi klædde fjællet?" sa eneren til furuen på den andre siden. "Skulde det være nogen, måtte det vel bli vi," sa furuen; den tok sig i skjægget og så bortover til bjørken: "Hvad mener du?" Men bjørken gløttet varsomt op imot fjællet; så tungt lå det ut over henne, at hun syntes ikke at kunne dra pusten engang. "Lad os klæ det i Guds navn," sa bjørken, og ikke flere æn disse tre var, så tok de på sig at klæ fjællet. Eneren gik først.

Da de kom et stykke på vej, møtte de lynget. Eneren vilde likesom gå det forbi. "Nej, tag lynget med," sa furuen. Og lynget i vej. Snart begyndte det at rape for eneren; "bit i mig," sa lynget. Eneren så gjorde, og hvor der var bare en liten rift, der stak lynget en finger in, og hvor det først hadde fåt en finger, fik eneren hele hånden. De krabbet og krøp, furuen tungt efter, bjørken med. "Det er sælebot i det," sa bjørken.

Men fjællet begyndte at tænke over, hvad det vel kunde være for noget småtteri, som fór og klorte opover det. Og da det hadde tænkt på dette et par hundre år, sendte det en liten bæk nedover for at se efter. Det var ænda i vårflommen, og bækken smatt så længe, til den traf på lynget. "Kjære, kjære lyng, kan du ikke slippe mig frem; jeg er så liten," sa bækken. Lynget hadde meget travelt, lettet bare på sig og arbejdet vidre. Bækken inunder og frem. "Kjære, kjære ener, kan du ikke slippe mig frem; jeg er så liten." Eneren så hvasst på den; men når lynget hadde sluppet den frem, kunde vel altid også den. Bækken opunder og frem, og kom nu dit hvor furuen stod og pustet i bakken. "Kjære, kjære furu, kan du ikke slippe mig frem; jeg er så liten, jeg," sa bækken, kysset furuen på foten og gjorde sig så inderlig lækker. Furuen blev skamfull ved det og slap den frem. Men bjørken lettet på sig, før bækken spurte. "Hi, hi, hi," sa bækken og vokste. "Ha, ha, ha," sa bækken og vokste. "Ho, ho, ho!" sa bækken, og kastet lynget og eneren og furuen og bjørken framstupes og på rygg op og ned i de store bakker. Fjællet sat i mange hundre år og tænkte på, om det ikke hadde dradd på smilen den dag.

Det var tydeligt nok: fjællet vilde ikke bli klædd. Lynget ærgret sig, så det blev grønt igjæn, og da tok det avsted. "Frisk mot!" sa lynget.

Eneren hadde rejst sig på huk for at se på lynget; og så længe sat den på huk, til den sat opret. Den klødde sig i håret, satte i vej og bet så fast, at den syntes fjællet måtte kjænne det. "Vil ikke du ha mig, så vil jeg ha dig." Furuen krøkte litt på tærne, for at kjænne om de var hele, lettet så på den ene foten, som var hel, så på den andre, som også var hel, så på dem begge to. Den undersøkte først hvor den hadde gåt, dernæst hvor den hadde ligget, og ændelig hvor den skulde gå. Tok den så på at rusle i vej, og lot som den aldrig hadde fallt. Bjørken hadde sølet sig så styggt til, rejste sig nu og pyntet sig. Og nu bar det avsted, fortere æn fort, opover og til siderne, i solskin og regnvejr. "Hvad er det også for noget," sa fjællet, når sommersolen stod på - det glittret i duggen, fuglerne sang, skogmusen pep, haren hoppet, og røskatten gjæmte sig og skrek.

Så var dagen kommet, at lynget fik det ene øje op over fjællkanten. "Å nej, å nej, å nej!" sa lynget - og væk var det. "Kjære, hvad er det lynget ser?" sa eneren og kom så vidt at den fik kike op. "Å nej, å nej!" skrek den, og var væk. "Hvad er det som går av eneren idag?" sa furuen og tok lange skridt i solheten. Snart kunde den løfte sig på tærne og gløtte op. "Ånej!" Grener og pigger blev stående ænde tilvejrs av forundring. Den kavet avsted, kom op, og væk var den. "Hvad er det alle de andre ser, og ikke jeg," sa bjørken, lettet skjørterne vel op og trippet efter. Der fik den hele hodet op med én gang. "Å-å! - står her ikke en stor skog både av furu og lyng og ener og bjørk oppe på marken og venter os," sa bjørken, og bladene skalv i solskinnet, så duggen trillet. "Ja, slik er det at nå frem," sa eneren.

Andet kapitel

Oppe på Kampen var det, at Arne blev født. Hans mor het Margit og var eneste barn på plassen Kampen. I sit attende år blev hun engang sittende for længe efter ved en dans; følget hennes var gåt fra henne, og da tænkte Margit, at vejen hjæmover blev like lang for henne, enten hun væntet den dansen over eller ej. Og således hændte det sig, at Margit blev sittende der, til spillemannen, Nils skrædder kallet, med ett la felen, som han plejde, når drikken tok ham, lot andre tralle, trev den vakkreste jænte, flyttet foten så sikkert som takten i en vise, og hæntet med støvlehælen hatten av den højeste han så. - "Ho!" sa han.

Da Margit gik hjæm den kvæll, spillet månen så forunderlig vakkert på sneen. Kommen op på svalen, hvor hun skulde ligge, måtte hun ænnu en gang se ut. Hun tok av sig livstykket, men blev stående med det i hånden. Da følte hun, at hun frøs, drog til i hast, klædde sig av og puttet sig langt in under fællen. Den nat drømte Margit om en stor, rød ko, som var kommet borti akeren. Hun skulde jage den derifra, men alt det hun strævde, kunde hun ikke komme av flækken; koen stod rolig og åt, til den blev så rund og mæt, og alt imellem så den bort på henne med store, tunge øjne.

Næste gang der blev dans i bygden, var Margit der. Hun vilde lite med at danse den kvæll; hun blev sittende at høre på spillet, og syntes det henne rart at ikke også andre hadde bedre hug til det. Men da det led på, rejste spillemannen sig op og vilde danse. Han gik like bort til Margit Kampen med én gang. Hun visste næsten ikke av det; men hun danset med Nils skrædder!

Snart blev det varmere i vejret, og man danset ikke mere. Den vår tok Margit sig slik av et lite lam som var blet sykt for dem, at moren næsten syntes det var for meget. "Det er da bare et lam," sa moren. "Ja, men der er sykt," sa Margit.

Det var længe siden hun hadde været i kirke; hun unte moren bedre at gå, sa hun, og nogen måtte være hjæmme. En søndag ut på sommeren, det var så vakkert i vejret, at højet gjærne kunde stå det døgn over, sa moren, at nu turde de visst gå begge to. Margit kunde ikke svare stort til det og klædde sig på; men da de var kommet så langt at de kunde høre kirkeklokkerne, skar hun i at gråte. Moren blev likblek; de gik videre, moren foran, hun efter, hørte prækenen, sang salmerne til den siste, hørte bønnen med og lot det ringe ut, før de gik. Men da de atter var kommet hjæm i stuen, tok moren henne mellem begge sine hænder og sa: "Gjæm ingen ting bort for mig, barnet mit!"

Der kom atter en vinter; da danset ikke Margit. Men Nils skrædder spilte, drak mere æn før og svang altid til slut den vakkreste jænten i laget. Den gang fortaltes det for et visst ord, at han kunde få hvilken han vilde av bygdens gildeste gårdmannsjænter; somme la til, at Eli Bøen selv hadde fridd for sin datter Birgit, der var syk av kjærlighed til ham.

Men nætop på den tid var det, at der blev båret et barn over dåben for husmannsjænten på Kampen; det fik navnet Arne, men Nils skrædder lagdes ut som far.

Samme dags kvæll var Nils i et stort bryllup; der drak han sig full. Han vilde ikke spille, men danset bestandig og tålte næppe nogen annen på gulv. Men da han kom bort til Birgit Bøen og bød henne op, vægret hun sig. Han lo kort, vændte sig på hælen, og trev fat i den første den beste. Hun holdt imot. Han så ned, det var en liten sort en som hadde sittet og nidstirret på ham, og nu var ganske blek. Han bøjde sig let over henne og hvisket: "Danser du ikke med mig, Karen!" Hun svarte ikke. Han spurte en gang til. Da svarte hun - hviskende som han spurte: "Den dansen kunde gå længer æn jeg vilde." - Han drog sig langsomt tilbake, men kommen midt på gulvet gjorde han et kast og danset nu hallingen alene. Der var ingen annen som danset; de stod tause og så på.

Siden gik han bort på låven, og der la han sig ned og gråt.

Margit sat hjæmme med den lille gutten. Hun hørte om Nils, der han fór fra dans til dans, så på gutten og gråt, så atter på ham og var glad. Det første hun lærte gutten, var at sige papa; men det turde hun ikke, når moren eller bestemoren, som hun herefter het, kunde sitte i nærheden. Følgen derav var, at det blev bestemoren som gutten kallte papa. Det kostet Margit meget at lære ham av med det, og bidrog dette igjæn til, at hun drog op et tidligt næmme i ham. Han var ikke meget stor, da han visste at Nils skrædder var hans far, - og kommen i den alder at det eventyrlige smakte, fik han også vite hvad slags kar Nils skrædder var. Bestemoren hadde stængt forbudt ændog at nævne ham; hennes meste idræt var det at få plassen Kampen lagt ut til gård, så datteren og hennes gut kunde være omsorgsløse. Hun brukte gårdejerens fattigdom, fik plassen kjøpt, avbetalte hvært år, og forestod arbejdet som en mann; ti hun hadde været enke i fjorten år. Kampen var stor og blev utvidet, så den alt nu fødde fire kjør, seksten sauer, og ejde halvten i en hæst.

Nils skrædder fór imidlertid på bygden. Fortjenesten var tat av for ham, dels fordi han hadde mindre hug til at skjøtte den, dels også fordi han ikke var likt som før. Han slog sig da mere på felespillet, og dette gav oftere drik, dermed slagsmål og onde dager. Der var dem som hadde hørt ham klage sig.

Arne kunde være såpas som seks år, da han en vinterdag regjerte i sengen, hvis åklæ han hadde oppe til sejl, og sat og styrte med en slev. Bestemoren sat inne og spant, hadde sine egne tanker og nikket stundom, som skulde det stå fast, det hun tænkte. Da visste gutten han var upåagtet, og nu sang han, som han hadde lært den, visen om Nils skrædder, rå og vill som den var:

> Dersom du ikke kom til igår,
> har du hørt gjeti han Nils skrædder, så staut han går.

Dersom du ikke kom til her ene dagen,
har du hørt gjeti, hvor han la'e Knut Storedragen.

Det var oppå låvetaket hans Ola-Per Kviste:
"Næste gang jeg skal hive dig, må du ha med lite
niste."

Hans Bugge var så navngjeten en mann,
at det spøkte etter'n både land og strand.

"Sig fort, Nils skrædder, hvor du ligge vil!
så skal jeg spytte på flækken og lægge hodet dit til."
-

"Å, kom mig først så nær, at jeg kan kjænne dig på
tæften!
Tror nu ikke, du slår nogen mann omkuld med
kjæften."

Det første taket var bare så som så.
Begge de karerne vilde ha det med at stå.

Det andre taket glapp for han Bugge-Hans.
"Blir du trøtt nu, Buggingen? det er en stræng
dans."

Det tredje taket fór Hans framstupes, så blodet
spratt -
"Det var svært, som du spyttet, kar!" - "Å, jøje, hvor
jeg datt!" -

Længer sang gutten ikke; der var to vers til, som nok moren ikke
hadde lært ham:

Har du set et træ lægge skygge på nyfallen sne?
Har du set han Nils mot en ungmø le?

Har du set han Nils sætte foten frem i dansen?
Er du jænte, så gå! - det er for sent, når du har tapt
sansen.

Disse to vers kunde bestemoren, og kom dem bedre i hug nu da
de ikke blev sunget. Hun sa intet til gutten, men til moren sa
hun: "Lær gutten godt om din egen skam; glæm ikke de to siste
vers!" -

Nils skrædder hadde drikken slåt ned, så han ikke længer var
den samme som før. Der var dem som mente, at snart var han
takendes.

Da hændte det sig, at to Amerikanere gjæstet bygden og hørte
om, at der i nærheden var bryllup, som de straks vilde se for at
komme efter skikkene. Der spilte Nils. De gav en daler hvær i
spillepenger og bad om hallingen. Ingen vilde by sig til at danse
den, så meget han også blev bedt. Nogen og hvær bad Nils selv
danse: "han var dog den beste." Han vægret sig, desto stærkere
blev opfordringen, tilsist enstemmig, og dette var hvad han
vilde. Han gav felen til en annen, tok trøje og hue av, trådte in i
kredsen og smilte. Nu fulgte den gamle opmærksomhed ham,
og det gav ham også den gamle kraft. Folk trængte så nær
sammen som muligt, de bakerste krøp på bord og bænker,
nogen jænter stod højt over de andre, og den fremste av dem -
høj med lyse, brunt-vækslende hår, men blå øjne dypt under en
stærk panne, en langtrukken munn der ofte smilte, og da litt til
den ene side - var Birgit Bøen. Nils så henne, idet han kastet øjet
op efter biten. Det spilte op, der indtrådte dyp stillhed, og han
gav sig i vej. Han slængte sig henad gulvet, gik efter den ene side
halvt på skakke, i takt med felen, diltet, kastet benene nu og da i
kors under sig, spratt op igjæn, tok stilling som til kast - og gik
på skakke som før. Felen førtes av en dygtig hånd. Slåtten tok
mere og mere brand, Nils kom mere bakover med hodet - og
med ett lå støvlehælen til biten, så støvet drysset ned over dem.
Folk lo og skrek omkring ham, jænterne stod, som kunde de

ikke drage pusten. Slåtten hujet in imellem dem, ægget på ny med værre og værre rykk. Han stod heller ikke imot, la legemet forover, småsprang i takt, rettet sig som til kast, narret, slæntret som før, og da han så ut som han slet ikke tænkte på sprang, dundret støvlehælen mot biten, og om igjæn, om igjæn, så rundkast forover, bakover, og stod han hvær gang like rank på foten. Han vilde ikke mere. Felen gjorde nogen kåte rænn ut fra slåtten, arbejdet sig ned i en dyp tone, hvor den sittret av og kom bort i et enkelt langt strøk på bassen. Gruppen spredtes, en stærk samtale, hvori rop og skrik avløste stillheden. Nils stod op efter væggen; da kom Amerikanerne med sin tolk bort til ham og gav ham hvær fem daler. Atter stillhed.

Amerikanerne talte litt med tolken; derpå spurte denne om han vilde drage med som deres tjener; han skulde få hvad han vilde. "Hvorhen?" spurte Nils; folk trykte sig på tæt in på dem som muligt. "Ut i værden," blev der svaret. "Når?" spurte Nils, så sig om med lysende ansigt, traf Birgit Bøens og slap det ikke siden. - "Om en uke, når de kommer tilbake," blev der svaret. "Det kunde hænde jeg var færdig," svarte Nils, vejende sine to femdalere. - Han hadde støttet den ene arm på en hosstående manns skulder, og den skalv så mannen vilde sætte ham i bænk.

"Det er visst ingenting," svarte Nils, gjorde nogen svigtende skridt bortover gulvet, derpå nogen faste, vændte sig og bad om en springdans.

Alle jænter hadde stillet sig frem. Han så sig også om, længe og langsomt, gik så bent over til en i mørk stakk, og det var Birgit Bøen. Han rakte hånden frem, og hun gav begge sine; da lo han, veg tilbake, tok en ved hennes side og danset overgiven avsted. Blodet fór Birgit op i hals og åsyn. En høj mann med et blidt ansigt stod like bak henne; han tok henne ved hånden og danset avsted - efter Nils. Denne så det, og kanske det var av vanvare, at han danset så hårdt imot dem, at mannen og Birgit væltet overænde med stort fall. Latter og skrål rejste sig rundt omkring. Birgit kom sig ændelig op, gik avsides og gråt meget.

Mannen med det blide ansigt rejste sig langsommere, gik like bort til Nils, som ænnu danset. "Du får stoppe litt," sa mannen. Nils hørte ikke, og da tok mannen ham ved armen. Nils slet sig fra ham og så på ham. "Jeg kjænner dig ikke," sa han med smil. "Nej, men nu skal du få kjænne mig," sa mannen med det blide ansigt, og la til ham like over det ene øje. Nils, der ikke væntet slikt, stupte med tungt, svært fall like over den skarpkantede gruesten, vilde straks rejse sig, men kunde ikke; hans rygg var brutt.

På Kampen var foregåt en forandring. Bestemoren hadde skrantet på det siste, og straks hun begynte dermed, fik hun travlere æn ellers med at samle penger til den ændelige utløsning av gården. "Så har du og gutten hvad I trænger. Og slipper du nogen in at ødelægge det for eder, så vænder jeg mig, der jeg ligger." Ut på høsten hadde hun også hat den glæde at kunne rusle op til den forrige hovedgård med den siste rest av skyllen, og glad var hun, da hun sat på bænken igjæn og kunde sige: "Nu er det gjort." Men i samme stund fik hun også sin helsott; hun vilde straks til sengs, og rejste sig ikke mere. Datteren grov henne ned, hvor plass var ledig på kirkegården, og en vakker hovedstav fik hun, hvorpå hennes navn og alder stod, samt et salmevers av Kingo. Fjorten dager efter den dag hun fik jorden, var hennes sorte søndagskjole gjort om til klær for gutten, og da han stod i dem, blev han så alvorlig, som om bestemoren var kommet igjæn. Av sig selv gik han bort til den storstilede spænnebok, som bestemoren hadde læst og sunget av hvær søndag; han åpnet den, og inne i lå hennes briller. Dem hadde aldrig gutten fåt lov at røre i hennes levende live; nu tok han dem rædd op, satte dem på næsen, og så igjænnem dem ned i boken. Alt blev tåke. Det var dog underligt, tænkte gutten; i dem var det bedstemor kunde læse Guds ord. Han holdt dem højt mot lyset, for at se hvad fejlte, og - der lå brillerne på gulvet!

Han blev meget rædd, og da døren i det samme åpnedes, var det ham, som bestemoren skulde komme in; men det var moren, og bak henne seks mann, der med meget tramp og støj førte en bæreseng mellem sig som de satte midt på gulvet. Døren stod længe åpen efter dem, så det blev koldt i stuen.

I sengen lå en mann med mørkt hår og blekt ansigt; moren gik omkring og gråt; "læg ham varlig bort på sengen," bad hun og hjalp selv til. Men alt som mænnene flyttet sig med ham, skrek det i noget under deres føtter. "Å det er bare bestemors briller," tænkte gutten; men han sa det ikke.

Tredje kapitel

Det var just om høsten, som ført mældt. Otte dager efter at Nils skrædder var båret in til Margit Kampen, kom der bud fra Amerikanerne, at han måtte holde sig færdig. Han å nætop og vred sig i svære smærtetak, og idet han bet tænderne sammen, skrek han: "Lad dem rejse til helvede!" Margit blev stående, som hadde hun ikke fåt svar. Han mærket det, og en stund efter gjæntok han langsomt og mat:"Lad dem - rejse!"

Ut på vinteren kom han sig så vidt han kunde sitte oppe, skjønt hans helse var brutt ned for al hans levetid. Første gangen han sat ordentlig oppe, tok han felen frem, stemte, men kom i slik rørelse, at han måtte til sengs igjæn. Han var meget fåmælt, men god at omgåes, og da det led længer, læste han med gutten og begynte at ta arbejde hjæmme i huset. Ut kom han ikke, og med dem som så til ham, talte han ikke. I førstningen bar Margit tidender til ham fra bygden; bakefter var han mørk; så holdt hun op.

Ut på våren sat han og Margit længer æn sædvanlig og samtalte efter kvællsmaten. Gutten blev da jaget til sengs. Et stykke hen på våren blev der lyst for dem i kirken, og siden blev de gift i al stillhed.

Han arbejdet med på marken, og ordnet alt forstandig og med rolighed. Margit sa til gutten: "Der er både nytte og glæde i ham. Nu må du være lydig og snill, at du kan gjøre dit beste for ham."

Margit hadde altid holdt sig litt førlig midt i sin sorg; hun var rødlig i ansigtet og hadde ret store øjne, som så æn større ut derved, at der lå en ring om dem. Hun hadde tykke læber rundladent ansigt, og så frisk og stærk ut, skjønt hun ikke hadde store kræfter. I denne tid så hun bedre ut æn nogensinde og sang bestandig, som hennes vis var når hun arbejdet.

16

Så var det en søndag eftermiddag far og søn gik ut for at se, hvorledes det artet sig det år på marken. Arne fór rundt om faren og skjøt med pil og bue; Nils hadde selv laget dem for gutten. Således bar det opover like mot vejen, som førte fra kirken og præstegården ned i den såkallte bredebygd. Nils satte sig på en sten ved vejkanten og fallt i tanker, gutten skjøt henad vejen og sprang efter pilen; det var i retning mot kirken. "Ikke for langt bort," sa faren. Som gutten best fór der, stanste han, som han lydde. "Far, jeg hører det spille." Denne lydde med; de hørte felespil, somme tider la rop og vill støj sig over, men durende opunder gik bestandig vognrammel og hovslag; det var et brudefølge som vændte hjæm fra kirke. "Kom hit, gut!" ropte faren, og Arne hørte på tonen at han måtte springe. Faren hadde skyndsomt rejst sig og gjæmte sig bak et stort træ; gutten efter; - "ikke hit, men dit!" - gutten bak et orekjærr ... Allerede bøjde vognrækken om bjørkeskogen, de kom i rasende trav, hæstene var hvite av skum, fulle folk skrek og hujet; far og søn talte vogn for vogn; der var i alt fjorten. I den første sat to spillemænn, og brudeslåtten klang gjænnem tørvejret; en gut stod bakpå og kjørte. Efter kom en kronebrud, der sat høj og skinte i solen; hun smilte, og munnen drog sig til den ene side; hos henne sat en blåklædd mann med et blidt ansigt. Følget kom efter, mænnene sat i kvinnernes fang, bakpå sat smågutter, fulle folk kjørte - seks på én hæst; kjøgemesteren kom i siste vogn og holdt et brænnevinsanker i fanget. De drog forbi med rop og sang, fór framstupes nedad bakken; felespillet, skriket, vognrammelen stod op efter dem i tåken, luftdraget bar et enkelt skrik op, snart bare dump dur, og så intet. Nils stod ænnu ubevægelig; det raslet bak ham, han vændte sig: det var gutten som krøp frem.

"Hvem var det, far?" Men gutten skvatt litt; ti faren var stygg i ansigtet. Arne stod stille og væntet svar; siden stod han fordi han intet fik. Langt om længe blev han utålmodig og våget igjæn: "Skal vi gå?" Nils så ænnu som efter brudefølget, tok sig nu sammen og gik; Arne efter. Han la en pil på buen, skjøt av og løp. "Trø ikke ned engen," sa Nils kort. Gutten lot pilen ligge, og kom igjæn. En stund efter hadde han glæmt det, og mens faren en gang stod stille, la han sig ned og stupte haukråke. "Læg ikke ned engen, siger jeg;" han blev tat og løftet efter den ene arm, som vilde den av led. Siden gik han noget stille bakefter.

I døren væntet Margit dem; hun kom nætop fra fjøset, hvor hun nok hadde hat strængt arbejde; ti hennes hår var pjusket, linnedet urent, og klærne likeså; men hun stod i døren og smilte: "Et par av kjørne har slitt sig og gjort ugagn; nu er det atter bundet." - "Du måtte dog fli dig litt på en søndag," sa Nils, idet han gik forbi in i stuen. "Ja, nu er det råd til at fli sig, når arbejdet er ændt," sa Margit og gik efter. Hun begynte straks, og sang mens hun stelte sig. Nu sang Margit godt; men somme tider var hun litt tyk i målet. "Hold op med det gnålet," sa Nils; han hadde kastet sig bakover i sengen. Margit holdt op. Da kom gutten stormende in: "Her er kommet en stor, sort hund til gårds, stygg i synet - !" - "Hold kjæft, gut," sa Nils i sengen, og tok den ene fot ut for at trampe med den; "fanden til uvejr der står av den gutten støtt," mumlet han henefter, og drog foten op igjæn. Moren truet til gutten. "Du ser da vel, at far ikke er i godlaget," mente hun. "Vil du ikke ha litt stærk kaffe med sirup i?" sa hun; hun vilde gjøre ham god igjæn. Dette var en drik som bestemoren hadde likt, og de andre med henne. Nils likte den slet ikke, men hadde dog drukket den, fordi de andre gjorde det. "Vil du ikke ha litt stærk kaffe med sirup i?" gjæntok Margit; ti han hadde ikke svart første gangen. Nils rejste sig på begge albuer og skrek: "Tror du jeg vil tylle i mig det svineri!" - Margit blev rent forundret, tok gutten med sig og gik.

De hadde adskilligt at stelle med ute, og kom ikke in før med kvællsmaten. Da var Nils borte. Arne blev sendt ut på marken for at rope ham in, men fant ham ingensteds. De væntet til maten næsten blev kold, spiste så, og ænnu var ikke Nils kommet. Margit blev urolig, sendte gutten til sengs og satte sig for at vænte. Litt over midnat kom Nils. "Kjære, hvor har du været?" spurte hun. "Det skiller dig ikke," svarte han og satte sig langsomt på bænken. Han var full.

Siden var Nils ofte på bygden, og bestandig kom han full hjæm. "Jeg holder det ikke ut her hjæmme med dig," sa han, engang han kom. Hun søkte blidt at forsvare sig, og da trampet han i gulvet og bad henne tie; var han full, så var det hennes skyll; var han slem, var det også hennes; var han krøbling og et ulykkeligt menneske for alle sine levedager, så var det også hennes skyll - og den helvedes guttens, som hun åtte. "Hvorfor gik du bestandig og hang efter mig?" sa han og gråt. "Hvad ondt hadde jeg gjort, at du ikke kunde la mig i fred?" "Men Gud frælse og bevare mig," sa Margit, "var det mig som gik efter dig?" "Ja, det var det!" rejste han sig og skrek, og gjænnem gråt fortfór han: "Du har nu tilsist fåt det som du vil ha det. Jeg slæper mig nu omkring her fra træ til træ, jeg går hvær dag og ser på min egen grav. Men jeg kunde ha levd i herlighed med bygdens gildeste gårdjænte, jeg kunde ha rejst så langt solen går, - hadde ikke du og den fordømte gutten din lagt eder i vejen for mig." Hun søkte atter at forsvare sig; "det var da i alle fald ikke guttens skyll." "Tier du ikke, så slår jeg dig!" - og han slog henne.

Når han den næste dag hadde sovet rusen ut, var han skamfull og især meget snill mot gutten. Men snart var han full igjæn, og da slog han henne; tilsist slog han moren næsten hvær gang han var full, - gutten gråt og bar sig, da slog han også ham. Somme tider angret han det så stærkt, at han måtte ut. I denne tid fik han atter hug på dansen, spilte som før, og tok gutten med for at bære kassen. Der så gutten meget. Moren gråt fordi han skulde være med, men turde ikke sige det til faren. "Hold dig til Gud, og lær ikke noget styggt," bad hun og kjælte for ham. Men på dansene var det meget morsomt, og her hjæmme hos moren var det ikke morsomt. Han vændte sig mere og mere fra henne og til faren. Hun så det og tidde. Fra dansene kunde han mange viser, og dem sang han siden for faren; det moret denne, og det var stundom gutten kunde få ham til at le. Men dette smigret gutten så, at han siden tok i for at lære så mange viser som muligt; snart mærket han sig, hvad slags det var faren likte best, og hvad for noget i dem han lo ved. Hvor der nu ikke var sådant i viserne, la gutten det in av sig selv, så godt han kunde, og dette gav ham en tidlig øvelse i at sætte ord sammen efter musik. Det var gjærne spotteviser og lede ting, sagt om folk som var kommet til magt og velstand, faren likte best, og gutten sang.

Moren vilde ændelig ha ham med sig i fjøset om kvællene; mangehånde påskudd fant han for at undgå det; men når de nyttet intet, og han måtte dit, da talte hun vakkert til ham om Gud og det gode, og ændte gjærne med under stærk gråt at ta ham in til sig, be ham, tigge ham om ikke at bli noget slet menneske.

Moren læste med ham, og gutten var lærenæm over al måte. Faren var såre stolt herav, og fortalte ham, særlig når han var full, at han hadde hans hode.

Ved dansene plejde snart faren, når drikken vant på ham, opfordre Arne til at synge for folket. Han gjorde det under latter og støj, vise efter vise; bifallet glædet sønnen næsten mere æn faren, og der var tilsist ingen ænde på de viser han kunde synge. Bekymrede mødre som hørte det, gik selv til moren og talte om det, på grund av at visernes inhold ikke var som det burde. Moren tok fat i gutten og forbød ham ved Gud og alt godt at synge slike viser, og nu forekom det gutten, at alt det som han hadde trøjsamhed av, det var moren imot. Han fortalte til faren for første gang, hvad moren hadde sagt. Da fik hun lide meget ondt derfor, engang faren var full; han tidde med alting til da. Men så gik det også op for gutten hvad han hadde gjort, og han bad i sin sjæl Gud og henne om forladelse, da han ikke kunde komme sig til at gjøre det åpenlyst. Moren var like venlig imot ham, og det skar ham i hjærtet.

Engang glæmte han det dog. Han hadde det ved sig, at han kunde ape efter alt folk, navnlig kunde han tale og synge efter dem. Moren kom in en kvæll gutten underholdt faren hermed, og faren fallt på, da hun var gåt igjæn, at han også skulde synge efter moren. Han vægret sig i førstningen; men faren, som lå borti sengen og lo, så han rystet, vilde ændelig at han også skulde synge efter moren. Hun er borte, tænkte gutten, og kan ikke høre det, og han sang efter henne slik som hun somme tider sang, når hun var hæs og gråtfull. Faren lo, så det næsten spøkte om gutten, og han tidde av sig selv. Da kom moren in fra kjøkkenet, så langt og tungt på gutten, gik borti hylden efter en ringe, og bar den ut.

Han blev brænnende het over det hele legeme; hun hadde hørt altsammen. Han sprang ned fra bordet, hvor han hadde sittet, gik ut, kastet sig på marken, og vilde likesom grave sig ned. Han hadde ingen ro, rejste sig og vilde længer bort. Han gik forbi låven, og bak den sat moren og sydde på en ny fin skjorte - nætop til ham. Hun plejde ellers at synge en salme over arbejdet, når hun sat slik; men nu sang hun ikke. Hun gråt heller ikke, hun bare sat og sydde. Men da kunde ikke Arne holde det ut længer; han kastet sig ned i græsset like foran henne, så op på henne, og gråt så det hulket i ham. Moren slap arbejdet, og tok hans hode mellem sine hænder. "Stakkars Arne," sa hun og la sit nedtil. Han forsøkte ikke på at sige et ord, men gråt som han ikke hadde gjort før. "Visste nok, du var god i grunnen," sa moren, og *strød* ham nedad håret. "Mor, du skal ikke sige nej til det jeg ber om," var det første han kunde sige. - "Det vet du jeg ikke gjør," svarte hun. Han forsøkte at stanse gråten, og så fremstammet han med hodet i hennes fang: "Mor - syng noget for mig!" - "Kjære, jeg kan jo ikke," sa hun sagte. "Mor, syng noget for mig," bad gutten, "eller jeg tror aldrig jeg er god til at se på dig mere." Hun strøk på hans hår, men tidde. "Mor, syng, syng, hører du! Syng!" tigget han, "eller jeg går så langt bort, at jeg aldrig mere kommer hjæm igjæn." Og mens han nu, fjorten i sit femtende år som han var, lå der med hodet i morens fang, satte hun sig til at synge over ham:

Herre, tag i din stærke hånd
barnet, som leker ved stranden!
Send du din værdige helligånd,
at det kan leke selvannen.
Vandet er dypt, og bunden glatt;
Herre, får han først i armen fat,
drukner det ikke, men lever,
til du det nåde-rik hæver.

Moderen sitter i tunge savn,
vet ikke, hvor det farer,
ganger for døren, roper dets navn,
hører slet ikke, det svarer.
Tænker som så: Hvor æn det er,
han og du er det altid nær;
Jesus, dets lille broder,
følger det hjæm til moder.

Hun sang flere vers; Arne lå stille; der fallt velsignet fred på ham,
og under denne følte han at han blev vederkvægende træt. Det
siste han tydelig hørte, var om Jesus; det flyttet med ham in i
meget lys, og her var det som om tolv, tretten sang; men morens
stemme hørte han over dem alle. Vakkrere mål hadde han aldrig
hørt, han bad om at få synge så. Det tyktes ham, at kunde han
synge rigtig sagt, så fant han det, og nu sang han sagte, op igjæn
og sagte, og ænnu mere sagte, og det begynte næsten at bli
livsaligt, da han glad herover straks tok i med stærk stemme, og
borte var det. Han vågnet, så og hørte sig omkring, men fornam
intet uten den evige, stærke fossedur, og her tillike den lille
elvebæk som gik tæt om låven med sagte og bestandig støj.
Moren var borte; hun hadde lagt under hans hode den
halvfærdige skjorte og sin trøje.

Fjærde kapitel

Da nu den tid var kommet, at kreaturerne skulde gjætes i skogen, vilde han gjæte. Faren satte sig derimot; han hadde jo aldrig gjætet før og var nu i det *fremtende* år. Men så godt talte han for sig, at de blev som han vilde, og hele den vår, sommer og høst var han blot hjæmme og sov; ellers i skogen med sig selv den utslagne dag.

Dit op til sig selv tok han sine bøker med. Han læste og skar bokstaver i barken; han gik og tænkte, længtes og sang; men når han om kvællen kom hjæm, var faren ofte full, slog hans mor, forbante henne og bygden, og talte om at han engang kunde ha rejst langt bort. Da kom der også rejselængsel i gutten. Det var ille her, og bøkerne bar ut, og somme tider var det likesom også luften bar ut og over de høje fjælle.

Så var det at han midtsommers møtte Kristian, kaptejnens ældste søn, som fulgte tjenestegutten til skogs efter hæstene for at få ride hjæm. Han var et par år ældre æn Arne, let og lystig, ustadig i al sin tanke, men midt in imellem stærk i sine forsæt. Han talte hurtig og avbrutt, gjærne om to ting på én gang, red hæster uten sadel, skjøt fugler i luften, fisket med flue og forekom Arne at være målet for alt liv. Han hadde også hug til at rejse, og fortalte Arne om fremmede land så det strålte omkring dem. Han mærket Arnes lyst til læsning, og nu bar han op til ham de bøker han elv hadde læst; efter hvært som Arne læste *unda*, fik han nye; han sat selv der om søndagen og lærte ham at komme til rette med geografi og landkart, og hele den sommer og høst læste Arne, så han blev blek og mager.

Om vinteren fik han lov til at læse hjæmme, da han dels skulde gå til konfirmationen næste år, dels altid visste at omgåes faren. Han begyndte med at gå på skole; men der syntes det ham best, når han fik lukke øjnene og tænke sig til bøkerne hjæmme; heller ikke var nogen bondegut længer hans kammerat.

Farens mishandling av moren tiltok med årene, likesom hans drik og legemssmærter. Og når Arne desuagtet måtte sitte og fornøje ham, for at skaffe moren fred den stund, og da ofte sige ting han nu foragtet i sit hjærte, tok han had til faren. Dette bar han dypt hos sig, såvelsom sin kjærlighed til moren. Møtte han Kristian, gik talen fort om de store rejser og bøkerne; selv for ham tidde han om, hvorledes det stod til hjæmme. Men mangen gang når han kom fra de vidtfarende samtaler, gik hjæmover alene, og tænkte på hvad han nu *måske*fik at møte, gråt han, og bad Gud mellem sine stjærner at sørge for han snart måtte få lov at rejse.

Om sommeren blev Kristian og han konfirmeret. Straks efter satte *hin* igjænnem sin plan. Faren måtte la ham slippe avsted for at bli sjømann; han forærte Arne sine bøker, lovte at skrive ham flittig til - og rejste.

Nu stod Arne alene.

I denne tid fik han atter lyst til at skrive viser. Han lappet ikke længer på gamle, han laget nye, og la i dem hvad som gjorde ham mest ondt.

Men sinnet blev ham for tungt, og sorgen sprængte viserne for ham. Han lå nu i lange søvnløse nætter, og gjorde det til visshed hos sig selv at han ikke længer kunde holde det ut, men vilde rejse langt bort, søke Kristian - og ikke sige et ord derom til nogen. Han tænkte på moren, og hvad der skulde bli av henne, - og han kunde næsten ikke se henne i ansigtet.

Da sat han en kvæll langt utover og læste. Når det blev ham for tungt, var det bøkerne han tok til, og mærket ikke at de øket giften. Faren var i bryllup, men væntedes hjæm den kvæll; moren var *trætt* og rædd ham, hadde derfor lagt sig. Arne fór op ved et tungt fall i gangen og skramlet av noget hårdt, som slog mot døren. Det var faren som kom hjæm.

Arne fik døren op og så på ham. "Er det dig, kloke gutten; kom og hjælp far din op!" Han blev løftet og støttet inover mot bænken. Arne tok felekassen, bar in efter og lukket døren. "Ja, se på mig, du kloke gutten; jeg ser ikke vakker ut nu; det er ikke længer han Nils skrædder. Det siger - jeg dig, at du - aldrig skal drikke brænnevin; det er - djævelen, værden og vort eget kjød - - han står de hoffærdige imot, de ydmyge gir han nåde. - - Å jøje, jøje mig! - Hvor langt det ret er kommet med mig!"

Han sat en stund stille, så sang han gråtende:

Herre, du milde frælsermann,
hjælp du mig, hvis jeg hjælpes kan;
jeg ligger vel dypt i syndens skarn,
men er dog dit eget forløste barn!

"Herre, jeg er ikke værd, at du skal gange in under mit tak; men sig ikkun et ord -" Han kastet sig forover, gjæmte ansigtet i sine hænder og gråt som i krampe. Længe å han slik, og da nævnte han ordlydende av Bibelen, som han vel hadde lært det for over tyve år siden: "Men hun kom og tilbad ham og sa: Herre, hjælp mig! - Men han svarte og sa:Det er ikke smukt at ta børnenes brød og kaste det for de små hunde. - Men hun sa: Jo, Herre, de små hunde æder dog av de smuler som faller av deres herres bord."

Han tidde, men gråt nu mere opløst og stille.

Moren var vågnet for længe siden, men hadde ikke turdet se op; nu da han gråt som en forløst, satte hun sig på albuerne og så op.

Men neppe blev Nils henne var, før han skrek bortover til henne: "Ser du op, du også, - du vilde vel se hvorledes du har flidd mig til. Ja, slik ser jeg nu ut, akkurat slik!" - - Han rejste sig op, og hun gjæmte sig under fællen. "Nej, gjæm dig ikke, jeg finner dig nok," sa han, idet han strakte den højre hånd famlende frem for sig med utstrakt pekefinger. - "Krill, krill!" sa han, idet han drog fællen av og stak pekefingeren på hennes hals.

"Far!" sa Arne.

"Nej, hvor skrumpen og mager du ret er blet. Her er ikke langt in. Krill, krill!" Moren tok krampagtig om hans hånd med begge sine, kunde ikke slite sig løs, og krøkte sig sammen i en tull.

"Far!" sa Arne.

"Så det kom liv i dig nu. Hvor hun vrir sig, det spektakel! Krill, krill!"

"Far!" sa Arne. Stuen begynte at gå op og ned.

"Krill, siger jeg!" - Hun slap hans hænder og overgav sig.

"Far!" ropte Arne. Han sprang bort i kråen, hvor der stod en øks. -

"Er det bare på trossighed at du ikke skriker. Skulde ellers ta dig i vare for det; jeg har fåt slik en underlig lyst. Krill, krill!"

"Far!" skrek Arne og tok efter øksen, men blev stående som fastnaglet; ti i det samme rejste faren sig, gav et skjærende skrik, tok sig for brystet, fallt om. "Jesus Kristus!" sa han og lå ganske stille.

Arne visste ikke grant, hvor han stod, eller hvad han stod over; han væntet likesom at stuen skulde sprænges, og stærkt lys falle in ensteds. Moren tok på at dra pusten trangt, som væltet hun av sig noget tungt. Hun rejste sig ændelig halvt op, og så da faren ligge utstrakt på gulvet, sønnen stå ved siden av med en øks.

"Vorherre, den forbarmende, hvad har du gjort!" - skrek hun og fór op av sengen, kastet stakken om sig og kom frem. Da var det som fik han løse mælet. "Han fallt om av sig selv," sa han sagte. "Arne, Arne, jeg tror dig ikke," ropte moren med stor straffende røst; "nu være Jesus med dig!" og hun kastet sig over liket i megen jammer. Men gutten kom ut av duset, fallt også på sine knæ: "Så sant jeg vænter nåde fra Gud, han fallt om der han stod." - - "Så har Vorherre selv været her," sa hun stille, satte sig på huk og stirret.

Nils lå ganske som før, stiv, med åpne øjne og munn. Hænderne hadde nærmet sig, som vilde de sammen men hadde ikke været istand dertil. "Tag i far din, du som er stærk, og hjælp mig at han kan ligge i sengen." Og de tok i og la ham; hun lukket hans øjne og munn, strakte ham og foldet hans hænder.

De stod da begge og så på ham. Alt de hadde levet til da, var ikke så langt og rummet ikke så meget som denne stund. Hadde djævelen selv været her, så hadde Vorherre også; møtet hadde været kort. Alt foregående var nu avgjort.

Det var litt over midnat, og de skulde være der med den døde til dagen kom. Arne gik hen og gjorde stor ild på gruen, moren satte sig ved. Og som hun nu sat der, rant det henne i hug hvor mangen ond dag hun hadde hat med Nils, og da takket hun Gud i en brænnende, højlydt bøn for hvad han hadde gjort. "Men jeg har ret hat nogen gode dager også," sa hun og gråt, som angret hun hvad hun nyss hadde takket for, og det ændte med at hun tok den største skyll på sig selv, som hadde handlet mot Guds bud av kjærlighed til den døde, været ulydig mot sin mor, og derfor fåt straffen nætop av denne sin syndefulle kjærlighed.

Arne satte sig like overfor henne. Moren så dit bort til sengen: - "Arne, du må huske, det er for din skyll jeg har tålt altsammen," og hun gråt, trængende om et kjært ord for at få støtte mot sin selvanklage og trøst i al kommende tid. Gutten skalv og kunde ikke svare. "Du må aldrig forlate mig," hulket hun. - Da sprang det op for ham, hvad hun i al denne jammerens tid hadde været, og hvor grænseløs forlatt hun vilde sitte, om han til løn for hennes store troskap nu forlot henne. "Aldrig, aldrig!" hvisket han, vilde bort til henne, men var ikke god for. De blev sittende i stærk, sammenflytende gråt. Hun bad højt, nu for den døde, nu for sig og gutten, og de gråt, og hun bad igjæn, og de gråt.

Da sa hun: "Arne, du har slikt et vakkert mål, du må sætte dig bort og synge for far din."

Og det var som han straks fik hjælp dertil. Han rejste sig og gik efter salmeboken, tændte sig en spik, og med spiken i den ene hånd og salmeboken i den andre satte han sig bort ved hodegjærdet, og sang med klar røst salme 127 av Kingo:

> "Vreden din avvænd, Herre Gud, av nåde,
> riset dit blodigt, som os over måde
> plager så ræddelig av en vredes brynde,
> fordi vi synde."

Femte kapitel

Arne blev fåmælt og folkesky; han gjætet og laget viser. Han blev nitten, i sit tyvende år, og ænnu gik han og gjætet. Han lånte sig bøker hos præsten og læste; men dette var det eneste han ellers tok sig for.

Præsten budsendte ham om at ta skolemestertjeneste; "ti bygden burde drage nytte av hans ævner og kunskaper". Arne svarte intet dertil; men dagen efter gjorde han denne vise, mens han drev saueflokken foran sig:

"Killebukken, lammet mit!
Skjønt det ofte går tungt og stridt
opefter slette fjælle', -
følg du vakkert din bjælle!

Killebukken, lammet mit,
pas så dygtig på skinnet dit;
mor vil ha det i fællen,
som hun syr sig om kvællen.

Killebukken, lammet mit,
læg så dygtig på kjøtte' dit!
vet du det ikke, tuppen,
at mor vil ha det i suppen?"

En dag i sit tyvende år blev han av vanvare vidne til en samtale moren og den forrige gårdmannskone imellem; de var uenige om den hæst de hadde sammen. "Jeg får vænte og høre, hvad Arne siger," mente moren. "Den dovningen!" svarte hun; "han vil vel hæsten skal gå og ræke skogen rundt, som han selv gjør." Nu tidde moren, skjønt hun før hadde talt godt for sig.

Arne blev ildrød. At moren fik hånsord for hans skyll, var ikke før fallt ham in, og hun hadde kanske fåt mange. Hvorfor hadde hun ikke sagt ham det?

Han tænkte sig vel om, og nu kom det ham i tanker, at moren næsten aldrig talte til ham. Men han heller aldrig til henne; hvem talte han overhodet med? -

Mangen søndag han sat stille hjæmme, hadde han lyst til at læse prækener for sin mor, hvis øjne ikke så godt; hun hadde grått for meget i sine dager. Men han kom sig ikke til. Mangen gang hadde han villet by sig til at læse højt av sine egne bøker, når det var stillt i huset, og det syntes ham, hun måtte finne det langsomt. Men han kom sig ikke til.

"Det kan være slikt slag. Jeg skal slutte med at gjæte og flytte ned til mor." Han gik nogen dager og lot det bli fast; buskapen drev han vide om i skogen og digtet på en vise:

> I bygden er der uro, i skogen er der ro;
> her panter ingen lensmann, der panter de nu to.
> Her slåss de ej om kirken, som alle de gjør der;
> men kanske og det kommer av, her ingen kirke er.
>
> Hvor roligt d'er i skogen; bare høken lite grand
> må pusle borti spurven, for at se om'n er i stand,
> og ørnen kværke livet av en stakkars dyresjæl:
> der var jo ellers fare for, den kjedet sig ihjel.
>
> Det ene træet hugger de, det annet råtner ned;
> rød-ræven rev det hvite lam, som sol hun gik til fred.
> Men ulven rispet ræven, og de måtte gjøre lag;
> for Arne han skjøt ulven, føræn ænnu det blev dag.
>
> Så meget kan jo hændes, sa'n, i skog som og i dal;
> det bliver blot at passe, at du ikke ser dig gal.
> Jeg så en gut i søvne, jeg, - han hadde hugd sin far;
> vet ikke hvor, men tænker mig, i helvede det var.

Han kom hjæm og sa moren, at hun kunde sende bud på bygden efter en gjætergut; selv vilde han ta sig av gården. Så blev det; men moren var altid om ham med advarsel, at han ikke skulde forta sig på arbejdet. Hun laget også så god mat til ham i denne tid, at han ofte blev skamfull ved det; men han sa intet.

Han bar på en vise, hvis omkvæd var: "Over de høje fjælle!" Han kunde aldrig få den færdig, og det kom mest av, at han vilde ha omkvædet i annen hvær linje; siden opgav han dette.

Men flere av de viser han laget, kom ut blant folk, hvor de var vel likt; der var dem som gjærne vilde tale med ham, især da de også hugset ham fra gutten av. Men Arne var rædd alle han ikke kjænte, og tænkte ondt om dem, mest fordi han trodde at de tænkte ondt om ham.

Ved siden av ham på alt markarbejde gik en middelaldrende mann, Oplands-Knut kallet, og han hadde for vis stundimellem at synge; men det var altid den samme vise. Da dette var gåt så et par måneder, syntes Arne han måtte spørge ham, om han ikke kunde flere. "Nej," svarte mannen. Så gik nogen dager hen, og atter en gang, mannen sang sin vise, spurte Arne: "Hvorledes hændte det, at du lærte denne ene?" - "Å det kom sig således," sa mannen.

Like fra ham gik Arne in; men der sat moren og gråt, hvad han ikke hadde set siden faren var død. Han lot, som la han ikke mærke dertil, og gik mot døren igjæn; men han følte moren se tungt efter sig og måtte stanse. - "Hvad gråter du for, mor?" - En stund var hans ord den eneste lyd i stuen, og derfor spurte de sig selv op igjæn så ofte, at han følte de ikke var sagt mildt nok. Han spurte en gang til: "Hvad gråter du for, mor?"

"Å jeg vet ikke så rigtig;" men nu gråt hun mere. Han stod længe, måtte da sige så modig han kunde: "Det er noget du gråter for." Atter blev det stillt. Han følte sig meget skyldig, skjønt hun intet hadde sagt, han intet visste. "Det kom således på mig," sa moren. En stund efter føjet hun til: "Jeg er jo i grunnen så lykkelig," og så gråt hun.

Men Arne skyndte sig ut, og det drog nedover mot Kampestupet. Han satte sig til at se i det, og mens han sat så, gråt også han. "Visste jeg ænda, hvad jeg gråter for," sa Arne.

Men overfor ham ved nybrottet sat Oplands-Knut og sang sin vise:

"Ingerid Sletten av Sillejord
hadde hverken sølv eller gull,
men en liten hue av farvet ull,
som hun hadde fåt utav mor.

En liten hue av farvet ull,
hadde hverken stas eller fôr,
men fattigt minne om far og mor,
der skinte langt mer æn gull.

Hun gjæmte huen i tyve år,
måtte ikke slite den ud!
Jeg bærer den vel engang som brud,
når jeg for alteret går.

Hun gjæmte huen i tredive år,
måtte ikke skjæmme den ud!
Så bærer jeg den så glad som brud,
når jeg for Vor Herre står.

Hun gjæmte huen i fireti år,
hugsede ænnu på sin mor.
"Vesle min hue, for visst jeg tror,
vi aldrig for alteret står."

Hun ganger for kisten at tage den,
hjærtet var så stort derved;

32

hun leter frem til dens gamle sted,
da var der ikke tråden igjæn."

Arne sat, som det hadde spillet langt borte i lien. Han gik op til
Knut. "Har du mor?" spurte han. "Nej." - "Har du far?" - "Å
nej, ikke far." - "Er det længe siden de døde?" - "Å ja, det er
længe siden."

"Du har vel ikke mange som holder av dig?" - "Å nej, ikke
mange." - "Har du nogen her?" - "Nej; ikke her." - "Men borti
hjæmbygden?" - "Å nej; ikke der heller."

"Har du da slet ingen som holder av dig?"

"Å nej, jeg har ikke det."

Men Arne gik fra ham, og holdt således av mor sin at hjærtet
sprængte på, og han følte som en lysning over sig. Du
himmelske Gud, tænkte han, du har git mig henne, og så
usigelig megen kjærlighed ved henne, og jeg lægger den hen - og
en gang jeg vil ta den, så er hun kanske ikke mere! Han vilde til
henne, om ikke for annet så bare for at se henne. Men på vejen
fallt det med ett på ham: "Kanske du, fordi du ikke skjønner på
henne, meget snart skal ha den straf at miste henne!" - Han blev
stående hvor han stod. "Almægtige Gud, hvad skulde der så bli
av mig?"

Det var ham, som hændte der nætop en ulykke hjæmme; han la
på sprang op mot huset, den kolde sved stod ham på pannen, og
benene tok næsten ikke jorden. Han rev op svaldøren; men
innenfor var det straks, som der lå ro i luften. Han tok sagte op
stuedøren. Moren hadde lagt sig, månen fallt like på hennes
ansigt; hun lå og sov som et barn.

Sjette kapitel

Nogen dager efter blev mor og søn, som i senere tid hadde levet mere sammen, enige om at ta i bryllup til skyllfolk i en av nabogårdene. Moren hadde ikke været i lag, siden hun var jænte. De to kjænte lite folk der anderledes æn av navn, og Arne syntes især det var underligt, da de så på ham, hvor han gik.

Der var sagt et ord efter ham i svalen engang; han var ikke viss på det; men han trodde det var sagt, og hvær blodsdråpe kom en og annen gang op i ham, når han tænkte derpå.

Mannen som hadde sagt det, gik han nu uavladelig og passet på; tilsist tok han sæte hos ham. Men da han kom til bordet, syntes han, at talen fik en annen gang.

"Nej, nu skal jeg fortælle en rægle, jeg, som viser, at intet graves så dypt ned i natten, det jo finner sin dag," sa mannen, og Arne syntes han så til ham. Det var en styggt utseende mann med tynne, røde hår om en stor rund panne. Opunder lå et par ganske små øjne og en liten klumpnæse; men munnen var meget stor, med utover brættede læber der holdt sig hvitagtige. Når han lo, så man begge gummer. Hans hænder lå på bordet; de var meget svære og grove, men håndledet var spinkelt. Han så hvasst og talte fort, men med meget arbejde. Folk kallte ham "Kjæftauren", og Arne visste at Nils skrædder i gamle dager hadde faret styggt med ham.

"Ja, der er megen synd til i denne værden; den sitter os nærmere æn vi tror ... Men det er slikt slag; nu skal I høre om en stygg gjærning. De som er gamle, minnes Alf, Skræppe-Alf. "Kommer nok igjæn! sa Alf"; det ordtøke er efter ham; for når han hadde ændt handelen - og han kunde handle, den kar! - hivde 'n skræppen på rygg: "kommer nok igjæn!" sa Alf. Fanden til kar, staut kar, kjæk kar, Alf, Skræppe-Alf! -

Nej, så var det han og Storslåpen. Storslåpen - ja, I kjænte Storslåpen? - stor var han, og slåpen var han med. Han forså sig på en knittrende sort hæst, som Skræppe-Alf fór og ekserte med, så den spratt som en sommerlopp. Og føræn Storslåpen selv visste av det, var han kommet til at gi femti daler for gampen! Storslåpen op i en karjol, så lang han var, for at kjøre konge med femtidalerhæsten; men nu kunde han slå og banne, så gården stod i et gov - hæsten flau' likefullt på alle de dører og vægger som fanst; for den var starblind!

Siden lå disse to og sloss om denne hæsten ut over al bygd, rigtig likesom to bikkjer. Storslåpen vilde ha pengene sine igjæn; men se til om han fik to danske skilling. Skræppe-Alf prylte ham, så busten fauk. "Kommer nok igjæn," sa Alf. - Fanden til kar, staut kar, kjæk kar, Alf, Skræppe-Alf!

Nej, så var det på nogen år da, at han slet ikke kom igjæn.

Det kunde være en ti år frem, så blev der lyst efter ham på kirkebakken; for der var tilfallt ham en overhændig arv. Storslåpen stod hos. "Det visste jeg nok," sa han, "at det var penger som lyste efter Skræppe-Alf, og ikke folk." -

Nu talte de frem og tilbake om Alf; og så meget blev snakket, at de fik sammenlagt, han hadde været sist på denne side av Røren, men ikke på hin. Ja, I hugser vejen over Røren, gammelvejen?

Men Storslåpen var på nogen tid kommet til stor magt og herlighed både med gård og grejer. Desuten hadde han lagt sig på gudfrygtigheden, og det visste alle, at han ikke blev gudfrygtig for ingenting, han - mere æn andre folk. De begynte at snakke sagte om disse ting.

Det var i den tid at vejen over Røren skulde omlægges; gammelkarerne hadde det med at ville bent frem, og derfor bar det like over Røren; men vi vil ha det flatt, og derfor kommer vejen nu ned ved elven. Det blev en minering og husering, så en tænkte Røren vilde ned, Alslags vejstyring fór der, men amtmanden oftest; ti han har dobbelt fri-skyss. Og som de nu en dag lå og grov ned i urene der, skulde en ta en sten, men fik en hånd der stak ut av røjsen, og så stærk var den hånden, at han som fik den - rauk att-ende med den. Men han som fik den, var Storslåpen. - Lensmannen drev der; han blev hæntet, og benene av en hel kar fremgravet. Doktor blev også hæntet; han satte det altsammen så kunstig sammen, at der nu bare manglet kjøt. Men folk skjøt frem på, at det benskranglet kunde nætop være på skapnad som Skræppe-Alf. "Kommer nok igjæn!" sa Alf.

Nogen og hvær syntes det underligt, at en død hånd kunde slå en kar som Storslåpen helt ikoll, ænda den slet ikke slog. Lensmannen gik like in på ham med det - forstår sig, så ingen hørte det. Men da bante Storslåpen, så det gik svart om lensmannen. "Ja, ja," sa lensmannen, "er det ikke dig, så er du vel sagt kar for at ligge sammen med det benskranglet inat, du?" - "Jeg er nok det, jeg," svarte Storslåpen. Og nu bant doktoren det ihop i lederne og la det hen i den ene seng i barakken. I den andre skulde Storslåpen lægge sig; men lensmannen la sig i sin kappe tæt op til væggen. - Da det blev mørkt, og Storslåpen skulde in til sengekammeraten sin, var det nett likesom døren gik igjæn av sig selv, og han stod i mørke. Men Storslåpen tok på at synge salmer; for han hadde en stor røst. "Hvorfor synger du salmer?" spurte lensmannen utenfor væggen. "Uvisst om han har hat klokker," svarte Storslåpen. Siden tok han på at be, det stærkeste han kunde. "Hvorfor ber du?" spurte lensmannen utenfor væggen. "Han har visst været en stor synder," svarte Storslåpen. Så blev der langt om længe stillt, og det var næsten som lensmannen skulde sovne. Da skrek det derinne, så hytten skalv: "Kommer nok igjæn!" - Et helvedes brott og bulder rejste sig; "kom med de femti dalerne mine!" brølte Storslåpen, og så skrek det, og brøt det, lensmannen op med døren, folk til med stænger og brander, og da lå Storslåpen midt på gulvet og hadde benskranglet over sig." -

Der var såre stillt om bordet. Ændelig siger en som skulde tænde sin kridtpipe: "Han blev jo gal efter den dag." "Han blev så."

Arne følte, de så på ham, og derfor kunde han ikke få øjnene op "Siger, som jeg har sagt," tok den første i, "intet graves så langt ned i natten, at det ikke finner sin dag." - "Nej, nu skal jeg fortælle om en søn som slog sin egen far," sa en lys, svær mann med rundladent ansigt. Arne kjænte ikke plassen han sat på.

Det var en slåsskjæmpe av en stor slægt borti Hardanger; han brøt ned meget folk. Faren og han var usams om livøret, og således bar det til at den mann ikke hadde fred i hus eller bygd.

Han blev selv mere ond derved, og faren satte efter ham. "Jeg tar ikke dom av nogen," sa sønnen. "Av mig skal du ta den, så længe jeg lever," svarte faren. "Tier du ikke stille, så slår jeg dig!" sa sønnen og rejste sig. - "Ja, trøst dig til, om du tør, og det skal aldrig gå dig godt her i værden," svarte faren, han rejste sig også. - "Mener du?" - og sønnen satte in på ham og brøt ham ned. Men faren tok ikke imot, la armene overkors, og lot ham fare med sig som han vilde.

Sønnen slog ham, tok ham og drog ham mot døren: "Jeg vil ha husfred!" - Men da de kom til døren, lettet faren på sig. "Ikke længer æn til døren," sa han, "for så langt drog jeg far min." Sønnen ænste det ikke, men drog hodet over tærskelen. "Ikke længer æn til døren, siger jeg!" den gamle rejste sig, kastet sønnen for sine føtter og revset ham som et barn.

"Dette var styggt," sa flere. "Hugg dog ikke til far sin!" syntes Arne, at én sa; men han var ikke viss derpå.

"Nu skal jeg fortælle eder noget," sa Arne, han rejste sig likblek, og visste ikke hvad han vilde sige. Han så bare ordene drive som store sneflokker; "jeg tar in i som på træff!" og han begynte.

"Et troll møtte på en vej en gut som gik og gråt. "Hvem er du mest rædd," sa trollet, "enten dig selv eller andre?" Men gutten gråt, fordi han om natten hadde drømt, at han hadde måttet dræpe den slemme faren sin, og derfor svarte han: "Jeg er mest rædd mig selv." - "Så vær i fred for dig selv, og gråt aldrig mere; ti herefter skal du bare ligge i krig med andre." Og trollet gik sin vej. Men den første, gutten møtte, lo av ham, og derfor måtte gutten le av ham igjæn. Den annen, han møtte, slog ham; gutten måtte forsvare sig og slog ham igjæn. Den tredje, han møtte, vilde dræpe ham, og derfor drap gutten ham. Men alt folk snakket ondt om ham, og derfor visste han ikke annet æn ondt at tale om alt folk. De stængte for ham sine skap og dører, så han måtte stjæle sig til det han skulde ha;han måtte stjæle sig til sin nattero. Siden han nu ikke fik gjøre noget godt, måtte han gjøre bare ondt. Da sa bygden: "Den gutten må vi gjøre det av med; han er så ond," og en vakker dag tok de og skaffet ham avvejen. Men gutten visste slet ikke, han hadde gjort noget ondt, og derfor kom han efter døden drivende like in til Vorherre. Der sat på en bænk den far han slet ikke hadde dræpt, og like mot ham på en annen bænk sat alle de som hadde nødt ham til at gjøre ondt. "Hvad for en bænk er du rædd?" spurte Vorherre, og gutten pekte på den lange. "Sæt dig a hos far din," sa Vorherre, og gutten vilde så gjøre. Da stupte faren ned av bænken med et stort hugg i nakken. På hans plass kom der et billede av gutten selv, men med angrende ansigt og likbleke miner; ænnu et med drukkent ansigt og hængende krop; ænnu et med vanvittigt ansigt, revne klær og forfærdelig latter. "Slik kunde det også ha gåt dig," sa Vorherre. - "Ja, montro det?" sa gutten, han tok fat i Vorherres kjortel. Da fallt begge bænkene ned av himmelen, og gutten stod igjæn hos Vorherre og lo. "Husk på dette, når du vågner," sa Vorherre - og gutten vågnet i samme stund. Men den gutten som således har drømt, er jeg, og de som frister ham ved at tro ham ond, er I. Mig selv er jeg ikke længer rædd; men jeg er rædd eder. Hiss ikke det onde in på mig; for det er uvisst, om jeg kan få fat i Vorherres kjortel."

Han fór ut, og mænnene så på hværandre.

Syvende kapitel

Det var dagen efter på låven i samme gård. Arne hadde drukket sig full for første gang i sit liv, var blet syk av det, og hadde ligget på låven snart hele døgnet. Nu sat han overænde, støttet sig på sine albuer og første samsnak med sig selv:

"- Alting jeg ser på, blir til fejghed. At jeg som gutten ikke løp min vej, var fejghed; at jeg hørte far over mor, var fejghed; at jeg sang ham de stygge viser, var fejghed. Jeg gav mig til at gjæte; det var av fejghed; - at læse - å ja, også av fejghed: jeg vilde gjæmme mig væk for mig selv. Som voksne gutten hjalp jeg ænda ikke mor mot far - fejghed; at jeg ikke den natten - hu! - fejghed! Jeg hadde kanske væntet, til hun var dræpt! - - Jeg kunde ikke holde det ut hjæmme bakefter - fejghed; jeg rejste heller ikke min vej - fejghed; jeg gjorde ingen ting, jeg gjætet - fejghed. Jeg hadde nok lovt mor at bli; men jeg hadde altid været fejg nok til at bryte løftet, hvis jeg ikke hadde været rædd for at komme blant folk. Ti jeg er rædd folk, mest fordi jeg tror, de ser hvor stygg jeg er. Men fordi jeg er rædd dem, snakker jeg ondt om dem - fordømt *fejghed*! Jeg gjør viser av fejghed. Jeg tør ikke tænke bent frem i mine egne ting, bøjer derfor in i andres - og det er at digte!

Jeg skulde ha sat mig til at gråte, så haugene blev til vand, skulde jeg; men så siger jeg:"Hyss, hyss!" og lægger mig til at vugge. Og selv mine viser er fejge; for var de modige, så blev de bedre. Jeg er rædd stærke tanker, rædd alt stærkt; kommer jeg op i det, er det raseri, og raseri er fejghed. Jeg er klokere, dygtigere, mere kyndig, æn jeg ser ut til; jeg er bedre æn jeg snakker; men av fejghed tør jeg ikke være så som jeg er. Tvi! Tvi! gjorde ondt, drak allikevel, drak allikevel; drak min fars hjærteblod, og ænda drak jeg! Min fejghed er nemlig uten al ænde; men det fejgeste av alt er dog, at jeg kan sitte og sige mig alt dette selv.

...Dræpe mig? Pyt sa'n! Dertil er jeg for fejg. Og så tror jeg på Gud - ja, jeg tror på Gud. Jeg vilde gjærne til ham; men fejgheden holder mig fra ham. Stor flytning, og derfor kvier sig et fejgt menneske. Men om jeg prøvde, sådan som jeg formår? Almægtige! Om jeg prøvde? Måtte kurere mig, som mit mælkeliv tålte det; ti der er ikke ben i mig længer, ej heller brusk, bare noget flytende, skvalp! - Om jeg prøvde - med gode, milde bøker, rædd de stærke -; med vakkre eventyr, sagn, alt det som mildt er - og så en præken hvær søndag, og en bøn hvær kvæll. Og ordentligt arbejde, så religionen fik aker; kan ikke så i dovenskap. Om jeg prøvde; kjære, milde min barnegud om jeg prøvde!"

Men en åpnet låvedøren, fór in over gulvet, likblek i ansigt; skjønt sveden trillet nedad det, og det var moren. På den andre dagen lætte hun efter sin søn. Hun ropte hans navn, men stanset ikke for at lye, bare ropte og fór omkring, til han svarte borti højstålet, hvor han lå. Da gav hun et højt skrik, hoppet i stålet lettere æn en gut og lå over ham ...

"Arne, Arne, er du her! Så jeg fant dig dog; jeg har lett siden igår; jeg har lett i hele nat! Stakkars, stakkars Arne, jeg så de hadde gjort dig ondt! jeg vilde så gjærne ha talt til dig og trøstet dig; men jeg tør jo aldrig tale til dig! - - Arne, jeg så du drak! O Gud, den almægtige! Lad mig aldrig oftere se det?" - Det var længe før hun kunde sige mere. "Jesus bevare dig, mit barn, jeg så du drak! - Med ett var du kommet væk for mig, drukken og sønderslåt av sorg som du var, og jeg løp omkring i alle hus; jeg var langt ute i marken, jeg fant dig ikke; jeg lætte i hvært kjærr, jeg spurte alle folk, jeg var her også; men du svarte mig ikke - - Arne, Arne, jeg gik langsmed elven ... men det syntes ikke nogensteds dypt nok - -" hun knuget sig in til ham.

"Da kom det så godt til brystet mit: du måtte jo være gåt hjæm, og vejen gjorde jeg visst på et kvarter; jeg åpnet og søkte i hvært rum, og så husket jeg først, at jeg selv hadde nøklen; du kunde jo ikke være sluppet in. - Arne! inat har jeg lett langs vejen på begge kanter; jeg turde jo ikke gå til Kampestupet! Jeg vet ikke hvordan jeg er kommet hit; der er ingen som har hjulpet mig; men Vorherre gav mig in, at du skulde være her!"

Han søkte at stille henne ned igjæn. "Arne, du drikker vel ikke oftere brænnevin?" - "Nej, du kan være trygg." - "De var visst onde mot dig? Var de onde mot dig?" - "Aa nej, det var mig som var fejg;" han la tyngde i ordet. - "Forstår ret ikke, at de kan være onde mot dig. Men hvad var det de gjorde dig? Aldrig vil du sige mig noget," og hun begynte at gråte igjæn. - "Du siger jo heller aldrig mig noget," sa Arne blidt. - "Største skyllen er dog din, Arne; jeg er kommet så i vane med at tie, jeg, fra far din av, at du skulde ha hjulpet mig litt paa vej! - Herre Gud, det er da bare vi to; og vi har lidt så meget sammen." - "Lad os se til om det ikke vil gå bedre," hvisket gutten. - "Næste søndag vil jeg læse prækenen for dig." - "Gud velsigne dig for det!"

- "Du Arne!" - "Ja." - "Jeg har noget jeg skulde sige dig." - "Sig det, mor." - "Jeg bærer stor synd for dig; jeg har gjort noget galt." - "Du, mor?" og dette rørte ham så, at hans ejegode, uændelig tålmodige mor vilde anklage sig selv for at ha synd mot ham, som aldrig gjorde henne noget rigtig godt, at han tok om henne, klappet henne og brast i gråt. - "Ja, jeg har; og dog var jeg ikke god til annet." - "Å, du har aldrig gjort noget galt mot mig."- "Jo, jeg har ... Gud vet det: det var bare fordi jeg holdt så meget av dig. Men du skal forlade mig det, hører du?" - "Ja, jeg skal forlade dig det."- "Og så skal jeg sige dig det en annen gang ... men du skal forlade mig det!" - "Ja, ja, mor!" - "Ser du, det er vel derfor det har været så tungt at tale til dig; jeg har båret synd for dig." - "Herregud, tal ikke så, mor!" - "Nu er jeg glad jeg har fåt sagt så meget." - "Vi skal tale mere sammen, vi to, mor!" - "Ja, det skal vi - og så læser du jo prækenen for mig?" - "Ja, det gjør jeg."- "Stakkars Arne, Gud velsigne dig!" - "Jeg tror, det er best vi går hjæm." - "Ja, vi går hjæm." - "Du ser dig så om, mor?" - "Ja, far din har ligget på denne låven og grått." - "Far?" spurte Arne og blev blek. - "Stakkars Nils! Det var den dagen du blev båret over dåben ...

- Du ser dig så om, Arne?"

Ottende kapitel

Fra den dag Arne av hjærtet prøvde at leve tættere in til sin mor, fik han et annet forhold til alt folk. Han så mere på dem med morens milde øjne. Men han hadde ofte ondt ved at bli sit forsæt tro; for det han dypest tænkte, forstod ikke altid moren - og her er en vise fra den tid:

Det var slik en vakker solskinsdag,
jeg kunde ikke være inne;
jeg ranglet til skogs, la mig att å bak
og vugget hvad kom i minne;
men der krøp maur, og der stak mygg,
og klæggen var snøgg, og hvepsen stygg.

"Kjære, vil du ikke være ute i godvejret da?" - sa mor, hun sat og sang i svalen.

Det var slik en vakker solskinsdag,
jeg kunde ikke være inne;
jeg gik på en eng, la mig at å bak
og sang, hvad som fall ti sinne;
da kom der ormer, tre alen lang',
at sole sig litt - og jeg la på sprang.

"I slikt velsignet vejr kan vi gå barføtt" - sa mor, hun drog sokkene av sig.

Det var slik en vakker solskinsdag,
jeg kunde ikke være inne;
jeg gik i en båt, la mig at å bak
og lot den for strømmen rinne.
Men solen stak, så min næse sprak;
d'er måte med alt, og på land jeg trak.

"Nu er det vel dager til at få højet tørt i" - sa mor, hun slog i det med en rive.

Det var slik en vakker solskinsdag,
jeg kunde ikke være inne;
jeg kløv i et træ, det var annet slag!
der kunde jeg svalning finne.
Så datt en træ-åme ned på min hals,
jeg hoppet og skrek; det var fanden til vals!

"Ja, skjener ikke kuen idag, så skjener hun aldrig" - sa mor, hun glante op i lien.

Det var slik en vakker solskinsdag,
jeg kunde ikke være inne;
så la jeg på fossen i store slag;
der var nu vel fred at finne!
mens solen skinte, så druknede jeg, -
ha du skrevet visen, så er det ikke mig.

"Bare tre slike solskinsdager, og alting er i hus" - sa mor, hun gik at reje sengen *min*.

Allikevel blev samlivet med moren hvær dag til større og større husvalelse. Det hun ikke forstod fik like godt et forhold til ham, som det hun forstod. Ti derved at hun ikke forstod, tænkte han det oftere om igjæn, og hun selv blev bare kjærere for ham ved at han til alle sider fant hennes grænser. Ja, hun blev ham uændelig kjær!

Arne hadde som barn ikke brydd sig om eventyr. Nu som voksent menneske længtes han til eventyrene, og disse drog folkesagn og kjæmpeviser efter sig. Hans sinn tok en underlig længsel; han gik meget alene, og mange steder der omkring, som han før ikke hadde set på, syntes ham så vakkre. Den tid han sammen med sine jævnaldrende gik til konfirmationen, hadde de ofte leket ved et stort vand nedenfor præstegården, Svartsjøen kallet, fordi det lå dypt og sort. Det vand begynte han nu at tænke på, og en kvæll drog han ditop.

Han satte sig bak et kjærr tæt under præstegården; denne lå i en meget bratt bakke, som længer oppe blev til højt fjæll; likeså var det på den andre bredd, og derfor bar der stor slagskygge ut over vandet på begge sider; men langsefter det i midten var en stripe fagert sølv-vand. Alt lå i ro; solen holdt på at gå ned; der skranglet litt bjælleljom over fra den motsatte bredd; men ellers var det stille. Arne så ikke like overfor sig, men først inover i bunden av vandet, fordi solen sprængte noget bristende rødt utover der, litt før den sank. Fjællene hadde der inne bøjet sig til side, så der var en lang, lavt liggende dal imellem, og mot denne slog vandet op. Men det så ut som om fjællene rant langsomt ned mot hinanden, for at ta den mellemliggende dal in som i en gynge. Gård i gård lå in over dalen; røken slog op og kom væk; markerne stod grønne og dampet; båter la til, ladede med høj. Han så meget folk gå av og til, men kunde ingen støj høre. Øjet drog sig derfra og bort over stranden, hvor bare Vorherres mørke skog drev op. Inne i skogen og langs vandet hadde mennesket dradd sig vej likesom med en finger; ti en bugtende sølvstripe slog sig alt jævnt igjænnem. Denne fulgte han med øjet like til bent overfor den hvor han sat; da sluttet skogen; fjællet gav litt mere rum, og straks lå der gård i gård. Det var ænnu større hus æn de inne i bunden, rødmalte, med højere vinduer, som brænte i solen. Der stod stort sollys på bakkerne; det minste barn som lekte der, viste sig så tydelig; tindrende hvit sand lå tør ved vandet, og på denne hoppet unger sammen med nogen hunder. Men med én gang var det hele solforlatt og tungt, husene mørkerøde, engen sortgrøn, sanden gråhvit, barnene små klumper: en tåkestump var steget op over fjællet og hadde tat solen. Han gjæmte øjet nede i vandet; men der fant han igjæn altsammen. Markerne lå og vugget, skogen trådte taus hen til, husene stod og så ned, dørene var åpne, og barn gik ut og in. Eventyr og barnlige ting kom farende til som små fisker efter agn, skar væk, kom igjæn, lekte omkring, men nappet ikke.

- "Lad os sætte os her, til mor din kommer efter; præstefruen blir vel også engang færdig." - Arne skræmtes op; der hadde sat

45

sig nogen like bak ham. "Men jeg kunde ret få være igjæn bare denne ene natten," sa en bønlig stemme igjænnem gråt; den måtte tilhøre en ikke ganske voksen jænte. "Gråt nu ikke mere; det er styggt at gråte fordi du skal hjæm til mor din." Det var en blid stemme, der gik langsomt og tilhørte en mann. "Det er ikke derfor jeg gråter." - "Hvorfor er det du gråter da?" - "Fordi jeg ikke længer skal være sammen med Matilde."

Så het præstens eneste datter, og mintes Arne, at en bondejænte var opdraget sammen med henne "Det kunde likevel ikke vare evig, dette."- "Ja, men én dag til da, kjære!" og hun stortutet. "Best er det du føres hjæm nu; kanske det alt er for sent." - "For sent? hvorfor det? Har du hørt slikt?" - "Du er bonde født, og bonde skal du bli; vi har ikke råd til at holde nogen stasjomfru." - "Jeg kunde da ændelig være bonde, fordi jeg blev der." - "Det forstår du dig ikke på." - "Jeg har bestandig båret bondeklær." - "Det er ikke dem som gjør det." - "Jeg har både spunnet, vævet og kokt."- "Det er ikke det heller." - "Jeg kan tale likesom du og mor." - "Ikke det heller." - "Ja, så vet jeg ret ikke hvad det er," sa jænten og lo. "Det vil vise sig; - ellers er jeg rædd for, at tankerne dine alt nu er blet for mange." - "Tanker, tanker! det siger du bestandig; jeg har ingen tanker, jeg," hun gråt igjæn. "Å, du er en vindkegle, er du!" - "Det sa aldrig præsten." - "Nej, men nu siger jeg det." - "Vindkegle? Har du hørt slikt? Ingenting vil jeg være." - "Nu ja, så vær ingenting."Nu lo jænten. En stund efter sa hun alvorlig: "Det er styggt av dig, du kaller mig ingenting." - "Herregud, når du selv vil være det!" - "Nej, jeg vil ikke være ingenting." - "Godt, så vær alting." - Jænten lo. En stund efter med sørgmodig stemme: "Slik gjorde aldrig præsten nar av mig." - "Nej, han gjør dig bare til nar." - "Præsten? Så snill har du aldrig været med mig som præsten." - "Det vilde nu også være for galt." - "Sur mælk kan aldrig bli søt." - "Jo, når den kokes til myse." Her skratlo jænten. "Der kommer mor din."Så blev hun alvorlig igjæn.

"Slikt langtsnakkende kvinnfolk som den præstefruen har jeg aldrig i mine levedager truffet på," skar en skarp, kringmælt røst in. "Skynd dig nu, Bård, rejs dig og sæt båten ut! Vi kommer ikke hjæm inat. - Fruen vilde, jeg skulde passe at Eli gik tør på benene. Jagu får du passe det selv! Hvær morgen gå tur for bleksottens skyll! Bleksott mig her og bleksott mig der! - Rejs dig nu, Bård, og sæt båten ut; jeg som skal sætte dejg i kvæll!" - "Kisten er ænnu ikke kommet," sa han og blev liggende. "Men kisten skal heller ikke komme; den skal så til første prækendag. Hører du, Eli, løft på dig; tag panken din og kom! Rejs dig nu, Bård!" - Hun avsted og jænten efter. "Kom nu; men så kom nu!" lød det nedenifra. "Har du set efter nøklen i båten?" spurte Bård og blev liggende. "Ja, den står i," - og Arne hørte henne nætop kakke den i med et øsekar. "Men så rejs dig nu, Bård! Vi skal da ikke bli liggende her inat?" - "Jeg vænter på kisten." - "Men, kjære, velsignede dig; jeg har jo sagt den skal stå efter til første prækendag." - "Der kommer den," sa Bård. Og de hørte ramlet av en vogn. "Men jeg har jo sagt den skulde stå efter til første prækensøndag." - "Jeg har sagt den skulde være med." Konen uten videre op og til vognen, bar panken, løp og andre småting ned i båten. Så rejste Bård sig, gik op og tok kisten alene.

Men bak efter vognen kom en jænte farende i stråhat og med flaggrende hår; det var præstefrøkenen. "Eli, Eli!" ropte hun på lang vej. "Matilde, Matilde!" svartes der, og op og mot henne. De møttes oppå bakken, de tok om hinannen og gråt. Da tok Matilde op noget hun hadde sat ned i græsset; det var et fuglebur. "Du skal ha Narrifass, det skal du. Mor vil det også. Du skal ændelig ha Narrifass ... jo du skal! - og så skal du tænke på mig - og meget ofte ro ... ro ... ro over til mig!" - og de gråt begge meget. "Eli! kom nu, Eli! Stå ikke de," lød det nedenifra. "Men jeg, jeg vil være med," sa Matilde; "jeg vil være med over og sove hos dig inat!" - "Ja, ja, ja!" - og med armene om hinannens hals drog de nedover mot støen. En stund efter så Arne båten ute på vandet, Eli stod højt i bakstavnen med fugleburet og vinket, Matilde sat igjæn på voren og gråt.

Hun blev sittende der så længe båten var på vandet; det var kort over til de røde hus, som før mældt, og Arne blev også sittende. Han fulgte båten likesom hun. Den kom snart over i det sorte, og han væntet til den la mot land; da så han dem i vandet;i dette fulgte han med dem op mot husene, just til det vakkreste av dem alle. Han så moren gå in først, så faren med kisten, og sist datteren, så vidt han kunde skjelne dem på størrelsen. En stund efter kom datteren ut igjæn og satte sig foran burdøren, væntelig for at se over u i det samme solen la sin siste stråle. Men præstefrøkenen var alt gåt, og det var blot han som nu sat og så henne i vandet. "Montro hun ser mig?" - -

Han rejste sig og gik; solen var nede, men himmelen lys og blåklar, sådan som sommernatten har den. Dampen av vand og land drog sig op over fjællene på begge sider; men toppene stod frie og så over til hværandre. Han kom højere op; vandet blev mere sort og nedsænket, og likesom mere tæt. Dalen derinne i bunden blev kortere og drog sig mere mot vandet; fjællene stod nærmere for øjet og gik mere i en klump; ti sollyset adskiller. Himmelen selv kom længer ned, og alt blev venligt og fortroligt.

Niende kapitel

Kjærlighed og kvinner begynte at spille for hans tanker; kjæmpeviserne og de gamle historier viste det frem i et tryllespejl likesom jænten i vandet. Han stirret bestandig deri, og efter hin kvæll fik han lyst til at synge derom; ti det var likesom kommet ham nærmere. Men tanken gled bort, og kom igjæn med en vise ha selv ikke kjænte til; det var som nogen hadde laget den for ham:

Hun Venevil hoppet på letten fot
sin kjærest imot.
Han sang, så det hørtes over kirketag:
"God dag! god dag!"
Og alle de små fugler sang lystig med i lag:
"Til Sanktehans
er det latter og dans;
men siden vet jeg lite, om hun flætter sin krans!"

Hun flættet ham én av de blomster blå:
- "mine øjne små!"
han tok den, han kaste og tok den igjæn:
"Farvel, min ven!"
og jublet, mens han sprængte over akkerrenen hen:
"Til Sanktehans
er det latter og dans;
men siden vet jeg lite, om hun flætter sin krans!"

Hun flættet ham én: "hvis du ej forsmår,
av mit gule hår?"
Hun flættet, hun bød ham i ypperlig stund
sin rød munn!
Han tok den, og han fik den, og han rødmede som
hun.

Hun flættet en hvit i et liljebånd:
"min højre hånd!"
hun flættet en blodrød i kjærlighed:
"min venstre med."
Han tok imot dem begge to, men vændte sig
derved.

Hun flættet av blomster fra hvær en kant:
"alle dem jeg fant!"
hun sanket, hun flættet og gråt dertil:
"tag dem du vil!"
Han tiede og tok dem kun, men flygtede så vill.

Hun flættet en stor uten farvesans:
"min brudekrans!"
Hun flættede, så fingrene bleve blå:
"sæt du den på."
Men da hun skulde vænde sig, hun ingensteds ham
så.

Hun flættede modig, foruten stans,
på sin brudekrans.
Men nu var det langt over Sanktehans,
ingen blomster fans:
Hun flættet av de blomster, som slet ikke fans!
"Til Sanktehans
er det latter og dans;
men siden vet jeg lite, om hun flætter sin krans!"

Det var vemodet i hans sjæl som gjorde det første
kjærlighedsbillede, som gled hen over hans sjæl så mørkt. En
dobbelt længsel: efter at holde av nogen og efter at bli noget
stort, fløt sammen og blev til én. I den tid arbejdet han atter
med visen "Over de høje fjælle", forandret og sang og tænkte
stille ved sig selv: "Det bærer nok ut allikevel; jeg synger så længe

50

til jeg får mot." Han glæmte ikke moren i disse sine utfærdstanker; han trøstet sig nemlig med, at han straks han fik fast fot i det fremmede, vilde hænte henne, og da by henne kår som han aldrig kunde tænke på at skaffe sig eller henne i hjæmmet. Men midt i disse store længsler lekte noget stille, kvikt, fint, det skjøt bort og kom igjæn, nappet og flygtet, og drømmer, som han var blet, var han bedre i de uvilkårlige tankers vold, æn han selv visste.

Der var en munter mann i den bygd, som het Ejnar Åsen; han hadde tyve år gammel brutt sit ben; siden gik han med stav; men hvor han kom hinkende på den stav, var der altid lystighed på færde. Mannen var rik; en stor nøtteskog lå på hans ejendom, og det var visst, at en av de vakkreste solskinsdager i høsttiden var en flokk muntre jænter samlet hos ham for at plukke nøtter. Da var der stor beværtning om dagen og dans om kvællen. De fleste av disse jænter hadde han ståt fadder til; for han stod fadder til den halve bygd; alle barn kallte ham gudfar, og efter dem både gamle og unge.

Gudfar og Arne var vel kjænte, og gudfar likte ham for hans visers skyll. Nu bad han ham være med i nøttelaget. Arne blev rød og vægret sig; han var ikke vant til at være sammen med kvinnfolk, sa han. "Så skal du vænne dig til det," svarte gudfar.

Arne kunde i nætter ikke få sove for dette; frygt og længsel stred i ham; men hvordan det æn gik: han kom med og var så godt som eneste ungkar blant alle disse kvinnfolk. Han kunde ikke nægte, at han følte sig skuffet; det var ikke dem han hadde sunget om, ej heller dem han hadde frygtet for at træffe sammen med. De holdt et leven han i sine dager ikke hadde set maken til, og det første som undret ham, var at de kunde le over ingen værdens ting; og dersom tre lo, så lo de fem, bare fordi de tre lo. Allesammen bar de sig ad, som levde de ihop hvær dag; og det var dog dem som ikke hadde truffet sammen før idag. Dersom de nådde den gren de hoppet efter, lo de derav, og dersom de ikke nådde, lo de også derav. De sloss om kroken til at hænge

51

fast med; de som fik den, lo, og de som ikke fik den, lo også. Gudfar hinket efter med staven, og gjorde dem al den fortræd han var god til. De han nådde, lo fordi han nådde dem, og de han ikke nådde, lo fordi han ikke nådde dem. Men allesammen lo de av Arne, fordi han var alvorlig, og da han så måtte le, lo de, fordi han ændelig lo.

De satte sig tilsist op på en stor haug, gudfar i midten og alle jænter omkring. De så vidt omkring sig; solen stak; men de ænste det ikke, kastet nøttehamser og skal på hværandre, men gav gudfar kjærner. Gudfar hysset på dem, og slog om sig med staven så langt han nådde; ti nu vilde han de skulde fortælle, og helst noget trøjsamt. Men at få dem til at fortælle historier syntes vanskeligere æn at stanse en løs vogn i en bakke. Gudfar begynte; der var mange som ikke vilde høre, for hans historier kjænte de før; men tilsist hørte de dog allesammen. Og før de visste av det, sat de midt oppe i det og fortalte det beste de kunde. Nu undret det Arne meget, at likeså støjende de før hadde været, likeså alvorlige var deres historier. De gik mest om kjærlighed.

"Men, du Åsa, ha en god en; det vet jeg fra ifjor," sa gudfar og vændte sig mot en førlig jænte med godt, rundladent ansigt; hun sat og flættet håret på en yngre søster, som lå med hodet i hennes fang. "Den tør være kjænt av flere," svarte hun. "Kom med den allikevel," bad de. "Jeg skal ikke være længe at nøde," svarte hun, og fortalte og sang, mens hun flættet:

"Der var en voksen gut som gjætte, og han drev gjærne buskapen op efter en bred elv. Når han kom højere op, var der en hammer som gik så vidt utover, at han kunde rope over til den andre siden. For der over på den andre siden gjætte en jænte som han hele dagen kunde se, men ikke komme hen til.

"Kvat hejter du jenta i saueflokken,
som bles på horn og bind på sokken?"

Han spurte mange dager op igjæn, og ændelig en dag fik han
svar:

Namnet mit sym som and på ejt vatn;
ro yver, du gut under bukskinnshatten!"

Men herav blev gutten like klok og tænkte ikke videre at vyrde
henne. Hermed gik det ikke så let; ti han kunde drive buskapen
hvorhen han vilde, det bar dog bestandig tilbake til hammeren.
Da blev gutten rædd og ropte:

"Kvat hejter då far din og hejmen du ejgr?
Eg hev inkje set deg på kyrkjuvegr."

Gutten trodde nemlig halvt om halvt, det var en hulder.

"Far min er druknad, og garden hev brunnet,
og vegen til kyrkja eg aldri hev funnet."

Herav blev også gutten like klok. Om dagen var han på
hammeren; om natten drømte han, at hun danset om ham og
slog ham med en stor kohale, hvær gang han vilde ta efter
henne. Han fik snart ikke sove; arbejde kunde han heller ikke,
og det blev elendig med gutten.

"Og er du ej huldr, so lyt du meg spara;
men er du ej jenta, so skund deg at svara."

Men det svarte ikke, og da blev det visst, at det var en hulder.
Han begav gjætingen, men like galt var det; for hvor han stod,
og hvad han gjorde, så tænkte han på den fagre huldren, som
blåste på horn.

Så en dag han stod og hugde ved, kommer en jænte gjænnem
gården, der livagtig så ut som huldren. Men da hun kom
nærmere, var det ikke henne. Han tænkte meget over dette; da
kommer jænten tilbake, og langt borte var det huldren, og han

løp like imot henne. Men straks han kom henne nær, var det ikke henne.

Siden kunde gutten være ved kirke, på dans, i andre samlag, eller hvor han vilde - jænten var der også; når han var fra henne, syntes hun huldren; nær hos, var det en annen; han spurte henne så, om det var henne eller ikke henne; men hun lo ham ut. Likeså godt springe i det som krype i det, tænkte gutten, og så giftet han sig med jænten.

Da dette vel var gjort, likte gutten ikke længer jænten. Borte fra henne, længtes han til henne; men hos henne, længtes han til en han ikke så. Derfor blev gutten ond med konen sin; hun bar det og tidde.

Men en dag han létte efter hæstene, kom han op på hammeren, og gutten satte sig ned og ropte:

"Du lejkar i hugen som måneskinskvelden;
du brenn langt ifrå meg som Sankthanselden!"

Gutten syntes det gjorde godt at sitte der, og siden gik han dit, så ofte det var galt hjæmme. Konen gråt, når han var gåt.

Men en dag han sat der, sat også huldren lyslevende på den andre siden og blåste på horn!

"Å - nej, er du kome; kor fagrt det lætr!
Å, blås litet mejra, eg sit her og gretr."

Da svarte hun:

"Eg blesr deg draumarne burt utur hugen;
fyr hejma å akren der rotnar no rugen."

Men da blev gutten rædd og gik hjæm igjæn. De var dog ikke længe før han blev så kjed konen, at han måtte dra til skogs, satte sig på hammeren. Da sang det mot ham:

"Eg drøymde, du kom hit; - hej, skund det og tak meg;
nej, inkje dit yver; - eg stend lika bak deg."

Gutten fór op og så sig om, og da smatt en grøn stakk bort
mellem buskene. Han efter. Nu blev det et jag gjænnem al skog.
Så rapp på foten som den huldren var, kunde intet menneske
være; han kastet stål over henne gang efter gang; hun løp like
godt. Men snart begynte hun at bli træt; det så gutten på
fotlaget; men han så også på al hennes skabning, at det var
huldren selv og ingen annen. "Nu skal du sagt bli min," tænkte
gutten, og kastet sig med én gang så hårdt in på henne, at både
han og huldren trillet lange bakker nedover, før det tok stans.
Da lo huldren, så gutten syntes det sang i bærgene; han tok
henne på fang, og så fager var hun, at han aldrig i sine levedager
hadde set slikt, - nætop som han tænkte konen skulde være. "Å -
nej, hvem er du som er så fager?" spurte gutten, han klappet
henne, og hun var så varm i kinnerne. "Men Herregud, jeg er jo
konen din," sa hun.

Jænterne lo og gjorde nar av gutten. Men gudfar spurte Arne,
om han hadde hørt vel efter.

- "Nej, nu skal jeg fortælle noget," sa en liten en med et lite
rundt ansigt, som hadde sådan liten næse.

"Der var en liten gut som vilde så gjærne fri til en liten jænte;
voksne var de begge to; men de var så små av sig. Og den gutten
kunde slet ikke komme sig til at fri. Han holdt sig hen til henne
i kirken, men da blev det altid prat om vejret; han gik bort til
henne på danserne, og han danset henne mest ihjel; men snakke
fik han ikke. "Du får lære at skrive, så slipper du det," sa han til
sig selv, - og gutten til at skrive; han trodde aldrig det kunde bli
vakkert nok, og derfor skrev han et helt år, før han turde tænke
på brevet. Nu var det at få leveret det, så ingen så det, og der
bakom kirken traf det slik til, at de stod alene. "Jeg har et brev
til dig," sa gutten. "Men jeg kan ikke læse skrift," svarte jænten.

Og så stod gutten der.

Men han tok tjeneste hos jæntens far, og var ikke fra henne så lang dagen var. Engang var han så nær ved at få snakke: han hadde alt fåt munnen op; men så fløj der en stor flue in i den. - "Bare ingen kommer og tar henne fra mig," tænkte gutten. Men der var ingen som kom og tok henne fra ham; for hun var så liten.

Men så kom der en allikevel; for han var også liten. Gutten mærket nok hvad han vilde, og da de gik op på svalen sammen, satte gutten sig ved nøklehullet. Nu fridde han som innenfor var; "jøje, min tosk, som ikke har skyndt mig!" tænkte gutten. Han som innenfor var, kysset jænten midt på munnen. - "Det smakte visst godt," tænkte gutten. Men han som innenfor var, satte jænten på fang. "Slik værden som vi lever i!" sa gutten og gråt. Dette hørte jænten og gik til døren: "Hvad er det du vil mig, stygge gutten, at jeg aldrig kan få være i fred for dig?" - "Jeg? - jeg vilde bare be om at få være brudesvennen din." - "Nej, det skal brødrene mine være," svarte jænten og smællte døren i.

- Så stod gutten der.

Jænterne lo meget av den historie og kastet mange hamser bagefter.

Gudfar vilde, at Eli Bøen skulde fortælle. Hvad var da det! Jo, hun skulde fortælle hvad hun hadde fortalt ham bortpå bakken, sist han var hos dem, den gang hun gav ham de nye strømpebåndene. Det var længe før Eli vilde til, for hun lo så svært; men så fortalte hun:

"En jænte og en gut gik sammen på en vej. "Nej, se den trosten som følger os," sa jænten. "Det er mig den følger," sa gutten. "Kan likeså godt være mig," svarte jænten. "Det er snart at se," mente gutten; "nu går du den nedre vejen, og jeg den øvre, og vi møtes deroppe." De så gjorde. - "Fulgte den så ikke mig?" spurte gutten, da de møttes. "Nej, den fulgte mig," svarte jænten. "Så må der være to." De gik sammen igjæn et stykke; men da var der blot én; gutten mente den fløj på hans side; men jænten mente den fløj på hennes. "Jeg bryr mig fa'n om den trosten," sa gutten. "Ja, jeg også," svarte jænten.

Men straks de hadde sagt dette, kom også trosten væk. "Det var på din side," sa gutten. "Nej, du skal ha takk; jeg så tydelig det var på din. - - Men der! - Der er han kommet igjæn!" ropte jænten. "Ja, det er på min!" ropte gutten. Men nu blev jænten sint. "Nej, om jeg vilde gå med dig længer, så gid jeg måtte få alle plager!" og hun gik sin egen vej. - Da kom trosten væk for gutten, og det blev så stusligt, at han gav sig til at rope. Hun svarte. "Er trosten hos dig?" ropte gutten. "Nej, men er den hos dig?" "Ak nej; du får komme hit igjæn, så kanske den følger med." Og jænten kom igjæn; de tok hinannen ved hånden og gik sammen. "Kvitt, kvitt, kvitt, kvitt!" sa det på jæntens side. "Kvitt, kvitt, kvitt, kvitt!" sa det på guttens. "Kvitt, kvitt, kvitt, kvitt, kvitt, kvitt, kvitt!" sa det til alle sider, og da de skulde se til, var der hundre tusen millioner troster rundt om dem. "Nej, hvor rart!" sa jænten og så op på gutten. "Å, Gud velsigne dig!" sa gutten og klappet jænten.

Den historien syntes alle jænterne var så vakker.

Så mente gudfar, de skulde fortælle hvad de hadde drømt inat, og så skulde han dømme om, hvem der hadde drømt vakkrest. Nej, fortælle hvad de hadde drømt! Nej! og der blev latter og tisk uten ænde. Men så begynte den ene efter den annen at mene, hun hadde hat sådan vakker drøm den nat; men atter andre, at så vakker som den, de hadde hat, kunde den i alle fall ikke være. Og tilsist fik de alle lyst at fortælle sine drømme. Men det måtte ikke være højt; det måtte være bare til én, og det måtte slet ikke være gudfar. Arne sat så stille der borte på haugen, og så blev det ham de turde fortælle dem til.

Arne satte sig bort under en hassel, og så kom hun til ham, hun som først hadde fortalt. Hun betænkte sig længe, men fortalte så:

"Jeg drømte jeg stod ved et stort vand. Da så jeg en gå på vandet, og det var en som jeg ikke vil nævne. Han steg op i en stor tjørnblom og sat og sang. Men jeg gik ut på et av de store blad som tjørnblomen har, og som ligger og svømmer; på det vilde jeg ro over til ham. Men straks jeg var kommet på bladet, så begynte det at synke med mig, så jeg blev meget rædd og gråt. Da kom han roende til i tjørnblomen - løftet mig op i til sig, og vi rodde over alt vand. - Var ikke det en vakker drøm?"

Den lille som hadde fortalt den lille historie, kom:

"Jeg drømte jeg hadde fanget en liten fugl, og jeg var så glad og vilde slet ikke slippe den, før jeg var kommet hjæm i stuen. Men der turde jeg ikke slippe den, for da kunde far og mor be mig lukke den ut igjæn. Så gik jeg op på loftet med den; men der gik katten og lurte, og så kunde jeg ikke slippe den der heller. Så visste jeg ikke min arme råd, men gik op på låven ... Gud, der var så mange sprækker, og den kunde rejse sin vej! Nej, så gik jeg ned på gården igjæn, og der syntes jeg en stod som jeg ikke vil nævne. Han stod og lekte med en stor, stor hund. "Jeg vil heller leke med den fuglen din," sa han og kom mig så nær. Men jeg syntes jeg la på sprang, og både han og den store hunden efter, og jeg sprang gården rundt; men så lukket mor op svaldøren, - trev mig in og kastet døren til. Men utenfor stod gutten og lo med ansigtet på ruten. "Se, her er fuglen!" sa han - og tænk, så hadde han fuglen!" - Var ikke det en rar drøm?" -

Så kom hun der hadde fortalt om alle de trosterne. Eli hadde de kallt henne. Det var den Eli, han hadde set hin kvæll i båten og i vandet. Hun var den samme, og dog ikke den samme, så voksen og vakker, som hun sat der med det fine ansigt og den smækkre skabning. Hun lo så meget, og derfor var det længe før hun kom sig til; men så fortalte hun:

58

"Jeg hadde glædet mig så svært til at komme i nøtteskogen idag, og derfor drømte jeg inat om, at jeg sat her på bakken. Solen skinte, og jeg hadde hele fanget fullt av nøtter. Men så var der kommet et lite ikorn med op imellem nøtterne, og det sat på huk i fanget og spiste dem op allesammen. - "Var ikke det en rar drøm?"

Og ænnu flere drømme blev ham fortalt; men så skulde han sige hvilken var vakkrest. Han måtte få god betænkningstid, og imidlertid drog gudfar med hele flokken nedover mot gården, og Arne skulde komme efter. De hoppet nedover bakken, ordnet sig i række, da de var kommet ned på sletten, og sang hjæmover mot huset.

Han sat der igjæn og hørte på sangen; solen fallt like på flokken; det lyste i deres hvite skjorteærmer; snart tok den ene den annen om livet; de danset bort over engen, og gudfar efter med stokken, fordi de trødde ned håen. Arne tænkte ikke mere på drømmene; han så snart ikke mere efter jænterne; tankerne la sig ut over dalen som de fine soltråder, og han sat igjæn der på bakken og spant. Før han visste av det, sat han i et tæt væv av tungsinn; han længtes ut, og aldrig i værden som nu. Han tok fast løfte av sig selv, at straks han kom hjæm, vilde han tale til moren, det måtte gå som det vilde!

Hans tanker blev stærkere og drev in i visen: "Over de høje fjælle". Så snare hadde aldrig ordene været, ej heller hadde de føjet sig så sikkert i lag; de var næsten som jænter, der sat rundt på en haug. Han hadde et stykke papir hos sig, og han skrev ned over sit knæ. Og da han hadde skrevet visen færdig, rejste han sig som forløst, vilde ikke til folk, men tok skogvejen hjæmover, skjønt han visste, at da måtte han ta natten med. Første gang han på vejen satte sig at hvile, vilde han ta visen op igjæn og synge den for sig selv ut over al bygd; men da hadde han glæmt den igjæn, der han hadde gjort den.

- En av jænterne søkte efter ham på haugen, fant ikke ham, men visen.

Tiende kapitel

At tale til moren var ikke så let gjort som tænkt. Han talte frempå om Kristian og de breve, som aldrig kom; men moren gik fra ham, og det var hele dage efter, at han trodde hun var rød i øjnene. Han hadde også et annet mærke på hvordan det stod til, og det var at hun laget usædvanlig god mat.

Han skulde op i skogen og ta vedfang en dag; vejen gik igjænnem skogen, og nætop der hvor han skulde hugge, plejde de at gå og plukke tyttebær i høsttiden. Arne hadde sat øksen fra sig for at ta trøjen av, og skulde just begynne, da to jænter kom gående med bærspann. Han plejde gjærne gjæmme sig, heller æn træffe jænter, og det gjorde han nu også.

"Å nej, å nej! for alle de bær! Eli, Eli!" - "Ja, kjære, jeg ser dem!" - "Men så gå ikke længer; her er mange spann!" - "Jeg syntes det ruslet borti et kjærr!" "Au! er du gal!" og jænterne fór ihop med hænderne om hinannens liv. De stod længe så stille, at de næppe drog pusten. "Det er visst ingenting; lad os plukke!" - "Ja, jeg tror visst vi plukker." - Og så plukket de. - "Det var snillt av dig, Eli, at du kom over til præstegården idag. - Har du så ingenting at fortælle mig?" - "Jeg har været hos gudfar." - - "Ja, da har fortalt mig det; men har du ikke noget om ham som du vet?" - "Å jo!" - "Å, å! Eli, er det sant? skynd dig, fortæl!" - "Han har været der igjæn!" "Å snak?" - "Jo visst; både far og mor lot, som de ikke så det, men jeg gik op på loftet og gjæmte mig." - "Mer, mer! Kom han så efter?" - "Jeg tror, far hadde sagt ham hvor jeg var; han er nu altid så lej." - "Og så kom han? Sæt dig, sæt dig, her hos mig! - Nu: så kom han?" - "Ja, men han sa ikke stort, for han var så blyg." - "Hvært ord! hører du! hvært ord!" - "Er du rædd mig?" sa'n. "Hvorfor skulde jeg være rædd?" sa jeg. "Du vet hvad det er, jeg vil dig," sa'n og satte sig på kisten ved siden av mig." - "Ved siden av dig!" - "Og så tok han mig om livet" - "Om livet, er du gal!" - "Jeg vilde da gjærne bli løs igjæn, men han vilde ikke slippe mig. "Kjære Eli," sa'n -" hun lo, og den annen lo også. - "Nu? nu?" - "Vil du være konen min?" - "Ha, ha, ha!" - "Ha, ha, ha!" - Og så begge to: "Ha, ha, ha, ha, ha, ha, ha!" -

Ændelig måtte også latteren ta en ænde, og ovenpå blev der længe stillt; så spurte den første, men sagte: "Du - var det ikke lejt han tok dig om livet?" -

Enten svarte den annen ikke på dette, eller også var det så sagte, at det ikke kunde høres; kanske det også bare var med et smil. Om en stund spurte den første: "Sa ikke far din eller mor din noget siden?" - "Far gik op og så på mig, men jeg gjæmte mig bestandig væk; for han lo, når han så mig."- "Men mor din?" - "Nej, hun sa ingenting; men hun var ikke så hård som ellers." - "Ja, du gav ham vel avslag?" - "Naturligvis." - Da blev atter lang stillhed.

- "Du?" - "Ja -?" - "Tror du, der kommer nogen sådan til mig?" - "Ja, naturligvis!" - "Er du gal! - A -i! - Du, Eli! - Æn dersom han tok mig om livet?" - Hun gjæmte hodet.

Der blev meget latter, siden hvisk og tisk.

Jænterne gik snart; de hadde hverken set Arne, øksen eller trøjen, og glad var han.

Nogen dager efter satte han Oplands-Knut til husmann under Kampen. "Du skal ikke længer være ensom," sa Arne.

Arne selv tok sig noget fast for. Han hadde tidlig lært at skjære med håndsag; ti han hadde bygd meget på husene hjæmme. Nu vilde han øve denne dont; ti han kjænte det gjorde godt at ha en bestemt forretning; det gjorde også godt at komme ut blant folk, og så forandret var han efterhånden blet, at han kunde længes dertil, når han hadde været en stund for sig selv. Det bar slik til, at han den vinter var på præstegården og skar med håndsag et bil, og der var begge jænterne ofte sammen. Arne tænkte på, når han så dem, hvem det vel var som nu fridde til Eli Bøen.

Det traf slik til, at han på en kjøretur måtte styre for præstefrøkenen og Eli; han hadde gode ører, men kunde dog aldrig høre hvad de talte om; somme tider talte Matilde til ham; da lo Eli altid og gjæmte hodet. Således spurte Matilde, om det var sant han kunde gjøre vers. "Nej," sa han hurtig; da lo de begge, snakket og lo. Siden var han ikke god på dem, og lot som han ikke så dem.

Engang sat han i borgestuen, mens folk danset der; Matilde og Eli kom begge dit bort for at se på. De trættet om noget borti kroken, hvor de stod; Eli vilde ikke, men Matilde vilde, og hun vant. Så kom de begge to bort til ham, nejde, og spurte om han kunde danse. Han svarte nej, og så vændte de sig begge, lo og løp. Det var da også en bestandig latter, tænkte Arne og blev alvorlig. Men præsten hadde en lite plejesøn på ti-tolv år, som Arne holdt meget av; av den gut lærte Arne at danse, når ingen så på.

Eli hadde en liten bror på alder som præstens plejesøn. Disse to var lekekammerater, og Arne gjorde kjælke, ski, snarer til dem, og med dem talte han meget om deres søstre, især om Eli. En dag bragte Elis bror det bud, at han skulde ikke gå så slusket på håret. "Hvem har sagt det?" - "Eli sa det; men jeg skulde ikke sige, at hun hadde sagt det." - Nogen dager efter sendte han det bud, at Eli måtte le litt mindre. Gutten kom igjæn med det bud, at Arne ændelig måtte le litt mere.

Engang vilde gutten ha noget han hadde skrevet. Arne lot ham få det, og tænkte ikke videre over den ting. En stund efter vilde gutten glæde Arne med den tidende, at begge jænterne likte hans skrift så svært. "Har de da set den?" - "Ja, det var for dem jeg bad om den." - Arne bad gutterne bringe ham noget, som deres søstre hadde skrevet; de så gjorde; Arne rettet skrivfejl deri med en tømmerblyant; han bad gutterne lægge det så, at det var let at finne. Siden fant han papiret igjæn i sin trøjelomme; men nedenunder stod skrevet: "Rettet av en kry fant".

Dagen efter sluttet Arne sit arbejde på præstegården og rejste hjæm. Så mild som han var den vinter, hadde moren ikke set ham siden hin sørgelige tid kort efter farens død. Han læste prækenen for henne, fulgte henne til kirke og var meget god mot henne. Men hun visste godt, at det altsammen mest var for at få hennes samtykke til at rejse fra henne, når våren kom. Så fik han bud fra Bøen en dag, om han ikke vilde komme dit og skjære med håndsag.

Arne blev ganske rædd og svarte ja, som om han ikke tænkte over det. Straks budet var gåt, sa moren; "Du kan nok bli forundret! Fra Bøen?" - "Er det da så underligt?" spurte Arne, men så ikke på henne. "Fra Bøen!" ropte moren en gang til. "Nu, hvorfor ikke likeså godt derfra som fra en annen gård?" han så litt op. "Fra Bøen og Birgit Bøen! - Bård, som slog far din fordærvet, og det for Birgits skyll!" - "Hvad siger du?" ropte nu også gutten. "Var det Bård Bøen?" -

Søn og mor stod og så på hinannen. Et helt liv drog frem imellem dem, og det var et øjeblik hvori de så den sorte tråd som al vej hadde spunnet sig igjænnem. De gav sig senere til at tale om hine farens stordager, da gamle Eli Bøen selv fridde til ham for datteren Birgit og fik kurven; de gik altsammen igjænnem, like til der Nils stupte, og begge fant ut, at Bårds skyll hadde været den minste. Men det var dog allikevel ham som hadde slåt faren fordærvet, ham var det.

- "Er jeg ænnu ikke færdig med far?" tænkte så Arne, og besluttet i samme stund at gå.

Da Arne kom gående med håndsagen på skulderen over isen og op imot Bøen, syntes det ham en fager gård. Huset så bestandig ut som det var nymalt; han frøs litt, og det var kanske derfor det syntes ham så lunt. Han gik ikke bent in; gik ovenom hvor fjøset lå; der stod en flokk hårtykke gjeter i sneen og gnog bark av nogen barkvister; en buhund fór frem og tilbake på låvekloppen og gjødde, som om fanden kom til gårds; men straks Arne stod, loggret den og lot sig klappe. Kjøkkendøren på den øvre side av huset gik ofte op, og Arne så hvær gang ditned; men det var enten budejen som kom med kjørler, eller kokken som slog noget ut til gjeterne. Inne på låven træsket de med tætte slag, og til venstre foran vedskjulet stod en gut og hugde ved; bak ham var mange vedlag opstablet. - Arne satte håndsagen fra sig, og gik in i kjøkkenet; det var hvit sand på gulvet og småhakket ener strødd over; ned fra væggene skinte kobberkjeler, og krustøj stod i række. De kokte til middag; han bad om at få tale med Bård. "Gå in i stuen!" sa en og pekte blot; han gik; der var ikke klinke i døren, men håndtak av messing; derinne var lyst og malet, taket med mange roser, skapene røde med ejerens navn på i sort, sengestedet likeså, men med blå striper på kanterne. Borte ved ovnen sat en bredskuldret mann med et blidt ansigt og langt gult hår, han la bånd på nogen bøtter; henne ved det lange bord sat en kone med skaut på hodet, tætsluttende klær, høj og slank; hun delte en hop korn i to hoper. Foruten disse var der ikke flere i stuen.

"God dag og signe arbejdet!" sa Arne og strøk huen av. Begge så op; mannen smilte, og spurte hvem det var. "Han som skal skjære med håndsag." - Mannen smilte mere og sa, idet han lutet med hodet og atter begynte sit arbejde: "Nå, Arne Kampen. " - "Arne Kampen?" ropte konen og nidstirret. Mannen så kort op, smilte igjæn: "Søn av Nils skrædder;" han gav sig atter til at arbejde.

En stund efter hadde konen rejst sig, var gåt bort til hylden, hadde vændt sig, var gåt bort til skapet, hadde atter vændt sig, og idet hun sist lå og grov nede i bordskuffen, spurte hun uten at se op: "Skal han arbejde her?" - "Ja, det skal han," sa mannen, også uten at se op. "Det er nok ingen som byr dig sitte inpå heller;" han vændte sig mot Arne. Denne gik til forsætet; konen gik ut, mannen arbejdet; Arne spurte derfor, om også han kunde begynne. "Vi kan først spise til middag."

Konen kom ikke mere in; men næste gang kjøkkendøren gik op, var det Eli som kom. Hun lot først som hun ikke så ham; da han rejste sig for at gå til henne, stanset hun og vændte sig halvt om for at gi ham hånden; men hun så ikke på ham. De vekslet et par ord; faren arbejdet. - Hun hadde flættet hår, gik i trangærmet livkjole, var smækker og rank, rund om håndledet og liten i hånden. Hun dækket bordet; arbejdsfolket spiste i den annen stue, men Arne med husbondsfolkene i denne; det traf sig nemlig så den dag, at de spiste særskilt; ti ellers spiste alle ved samme bord i det store, lyse kjøkken. - "Kommer ikke mor?" spurte mannen. - "Nej, hun er på loftet og vejer ull." - "Har du bedt henne?" - "Ja, men hun siger hun vil intet ha."- Der var en stund taushed. "Det er jo koldt på loftet." - "Hun vilde ikke jeg skulde lægge i."

Efter middagen arbejdet Arne; om kvællen var han atter inne blandt dem. Da sat konen også der. Kvinnfolkene sydde; mannen stelte med nogen småting; Arne hjalp ham; der var timelang taushed; ti Eli, som ellers syntes at føre ordet, tidde også nu. Arne tænkte med forfærdelse, at så var det vel også ofte hjæmme hos ham; men det var som følte han det først nu. Eli pustet engang langt ut, som hadde hun holdt sig længe nok, og så gav hun sig til at le. Da lo også faren. og Arne syntes også det var latterligt, og tok i med. Fra nu av talte de adskilligt; tilsist blev det især han og Eli; faren la ord in. Men engang Arne hadde talt længe, kom han til at se op; da møtte han moren, Birgit; hun hadde sænket arbejdet, og sat og nidstirret på ham. Nu tok hun arbejdet fat, men ved de første ord han atter sa, så hun op.

Det blev sengetid, og hvær gik til sit. Arne vilde mærke sig den drøm han hadde hat første nat på et nyt sted; men der var ingen mening i den. Han hadde hele dagen lite eller intet talt med husbonden; men om natten var det kun om ham han drømte. Det siste var at Bård sat og spilte kort med Nils skrædder. Denne var såre vred og blek i ansigtet; men Bård smilte og drog kortene over til sig.

Arne var der flere dager, hvori så godt som intet blev talt, men meget arbejdet. Ikke alene de i dagligstuen tidde, men tjenerne, husmændene, selv kvinnfolkene. Der var en gammel hund på gården, som gjødde hvær gang der kom fremmedfolk; men aldrig kunde gårdfolket høre hunden gjø, før en sa:hyss! - og da gik den knurrende hen og la sig igjæn. Hjæmme på Kampen var der en stor fløj på huset, som vændte sig i vinden; her var der en ænnu større fløj, som Arne måtte lægge mærke til fordi den ikke vændte sig. Når nu vinden var strid, arbejdet fløjen for at komme løs, og så længe så Arne på dette, til han måtte op på taket og løse fløjen. Den var ikke fastfrosset, som han tænkte; men en pinne var stukket ned, forat fløjen skulde stå; den tok Arne ut og kastet ned; pinnen traf Bård, som kom gående. Han så op. "Hvad gjør du der?" - "Jeg løser fløjen." - "Gjør ikke det; den skriker når den går." - Arne sat påskrævs over mønet: "Det er da bedre æn at den tier stille."Bård så op på Arne, og Arne ned på Bård; da smilte Bård: "Den som må skrike, hvis han skal tale, gjør da vel bedre i at tie, vet jeg."

Nu kan det være så, at et ord går igjæn, længe efter det er sagt, og det helst når det er i det siste. Disse ord fulgte Arne, der han i kulden krøp ned av taket, og de var ænnu med ham da han om kvællen gik in i stuen. Der stod Eli i aftenskumringen ved et vindu, og så utover isen som lå blank i månen. Han gik til det annet vindu, og så utover som hun. Inne var det lunt og stille, ute var det koldt; en skarp aftensno strøk gjænnem dalen og rusket så vidt i trærne, at skyggerne som de kastet i måneskinnet, ikke lå stille, men famlet og krøp omkring på sneen. Borte på præstegården skar et lys hitover, åpnet og lukket sig, tok mange kanter og farver, sådan som det altid synes når en stirrer for længe derpå. Fjællet stod over, mørkt, med eventyr i bunden, men månelys på de øvre sneflater. Himlen hadde stjærner oppe og litt flattrende nordlys borte i det ene hjørne, men det vilde ikke utover. Et stykke fra vinduet, nede mot vandet, stod trær, og deres skygger listet over til hværandre; men den store ask stod alene og skrev på sneen.

Det var stillt; kun engang imellem var det noget som skrek og ulte med lang klagende lyd. "Hvad er det?" spurte Arne. - "Det er fløjen," sa Eli, og siden føjde hun sagtere til som for sig selv: "den må være sluppet løs." Men Arne hadde været som den, der hadde villet tale og ikke kunnet. Nu sa han: "Husker du det eventyr om trosterne som sang?" - "Ja." - "Det er også sant; det var jo du som fortalte det. - - Det var et vakkert eventyr." - Hun sa med så blid stemme, at det var likesom første gang han hørte den: "Jeg synes ofte, det er noget som synger, når det er ganske stillt." - "Det er det gode i os selv, det." Hun så bort på ham, som var der noget for meget i det svar; de tidde også begge bakefter. Så spurte hun, mens hun malte med en finger på ruten: "Har du nylig gjort nogen vise?" Her blev han rød; men det så ikke hun. Derfor spurte hun igjæn: "Hvorledes bærer du dig ad, når du lager viser?" - - "Vilde du gjærne vite det?" - "Å ja." - "Jeg passer på de tanker som andre gjærne lar gå," svarte han unvigende. - Hun tidde længe; ti hun prøvde nok med en eller annen vise - om hun hadde hat de tanker, men latt dem gå. - "Det var underligt," sa hun som for sig selv, og gav sig til at male på ruten igjæn. - "Jeg laget en vise, første gang jeg hadde set dig." - "Hvor var det?" - "Borte ved præstegården, den kvæll du drog derifra; - jeg så dig i vandet." - Hun lo, stod litt stille: "Lad mig høre den visen." - Arne hadde aldrig før gjort noget sådant; men nu gav han sig til at sige visen frem for henne:

"Hun Venevil hoppet på letten fot
sin kjærest imot." O. s. v.

Eli stod meget opmærksom; hun stod længe efter den var færdig. Ændelig brøt hun ut: "Nej, hvor jeg synes synd i henne!" - "Det er likesom jeg ikke selv har gjort den," sa han; ti han var blet skamfull over at ha sagt den frem. Han forstod heller ikke hvorledes han var fallt på det. Han blev stående og se efter visen. Da sa hun: "Men det skal da vel ikke gå mig så?" - "Nej, nej, nej; - jeg tænkte egentlig på mig selv." - "Skal det gå dig så, da?" - "Jeg vet ikke; - men jeg følte så den gang; - ja, jeg skjønner det

ikke længer nu; men jeg har engang været så tung i sinnet." - -
"Det var underligt;" hun malte på ruten igjæn. - -

Næste dag da Arne var kommet in for at spise middag, gik han
bort til vinduet. Ute var grått og tykt; inne var varmt og godt;
men på ruten stod skrevet med en finger: Arne, Arne, Arne og
bestandig: Arne; det var ved det vindu Eli hadde ståt forrige
kvæll.

Men dagen efter kom Eli ikke ned; hun var dårlig. Hun var i det
hele ikke frisk i denne tid; hun sa det selv, og det var også godt
at se.

Ellevte kapitel

En dag efter kom Arne in og fortalte, hvad han nætop hadde fåt høre i gården, at præstens datter, Matilde, i det øjeblik rejste til byen, som hun selv tænkte for nogen dager, men som det var bestemt, for at være der et år eller to. Eli visste intet derom, før nu det blev sagt, fallt om og var borte.

Arne hadde aldrig set slikt før, og blev meget rædd; han løp efter tjenestejænterne, disse efter forældrene, og disse avsted; her blev en støj over al gård; buhunden gjødde på låvekloppen. Da Arne senere kom in igjæn, stod moren på knæ foran sengen; faren holdt den sykes hode. Tjenestejænterne løp, en efter vand, en annen efter dråper som stod i et skap, en tredje løste trøjen op ved halsen. "Å Gud trøste og bæ're dig!" sa moren; "det var galt allikevel, at vi intet hadde sagt; det var du, Bård, som vilde det; å Gud trøste og bæ're dig!" Bård svarte intet. "Jeg sa det nok, jeg; men ingenting skal bli som jeg vil; å Gud trøste og bæ're dig. Altid er du så ful med henne, du Bård; du vet ikke hvordan hun har det, du; du vet ikke, hvad det er at holde av nogen, du!" Bård svarte intet. "Hun har det ikke som andre, hun, de kan bære sorgen; men den kaster henne overænde, stakkar, så spinkel hun er. Og især nu hun slet ikke er frisk. Vågn op igjæn, du, barnet mit, så skal vi være gode med dig! Vågn op igjæn du, Eli min egen, og gjør os ikke slik sorg!" Da sa Bård: "Enten tier du for meget, du, eller snakker du for meget;" han så bort på Arne, som vilde han ikke at denne skulde høre slikt, men gå sin vej. Da jænterne blev inne, blev imidlertid også Arne, skjønt han gik over mot vinduet. Nu kom den syke sig så vidt, at hun kunde se sig om og kjænne folk; men i det samme kom også hukommelsen tilbake; hun skrek "Matilde!" fik krampegråt og hulket, så det var ondt at være i stuen. Da søkte moren at trøste henne; faren stillet sig således, at han kunde sees; men den syke skjøv til dem; "væk!" ropte hun; "jeg holder ikke av eder, væk!" - "Jesus Kristus, holder du ikke av dine forældre?" sa moren. -

"Nej! I er hårde mot mig, og tar fra mig den eneste glæde jeg har!" - "Eli, Eli! sig ikke så stærke ord," bad moren vakkert. - "Jo, mor!" skrek hun, "nu måjeg sige det! Jo mor! I vil gifte mig med den stygge mann, og jeg vil ikke. I stænger mig inne her, hvor jeg ikke er glad oftere æn hvær gang jeg skal ut! Og I tar Matilde fra mig, den eneste jeg holder av og stunder til i værden! Å Gud, hvad skal der bli av mig, når Matilde ikke længer er her, - især nu jeg har så meget, så meget jeg ikke kan rå med, når jeg ikke får tale med nogen!" - "Men du var jo sjældnere hos henne nu," sa Bård. - "Hvad gjorde det, når jeg hadde henne borte i vinduet," svarte den syke og gråt så barnlig, at det var Arne som han aldrig hadde hørt gråt før. - "Du kunde jo ikke se henne der," sa Bård. - "Jeg så jo gården," svarte hun, og moren la iltert til: "Du skjønner ikke slikt, du." Så sa ikke Bård mere. "Nu kan jeg aldrig komme til vinduet!" sa Eli. "Jeg gik dit om morgenen, når jeg stod op; om kvællen sat jeg der i måneskinnet, og jeg gik dit når jeg ingen hadde at gå til. Matilde, Matilde!" Hun vred sig i sengen og fik krampegråten på ny. Bård satte sig bort på en krakk og så på henne.

Men det gik ikke så snart over med Eli, som de kanske hadde tænkt. Mot kvællen så de først, at det blev til langvarig sygdom, den hun visstnok i længre tid hadde samlet op, og Arne kalltes in for at være med og bære henne op i det rum, som var hennes eget. Hun sanset ikke, var meget blek og lå stille; moren satte sig hos henne; faren stod nede ved sengen og så; siden gik han ned til sit arbejde. Arne gjorde det samme; men den kvæll bad han for henne, idet han la sig, bad at hun, så ung og vakker som hun var, måtte få det godt i værden, og at ingen måtte stænge glæden ute fra henne!

Dagen efter sat faren og moren sammen og taltes ved, da Arne kom in; moren hadde grått. Arne spurte hvorledes det stod til; begge væntet at den annen skulde svare, og derfor var det længe før han fik svar; men ændelig sa faren: "Det står dårlig til." - Senere fik Arne høre, t Eli hadde været fra sig den hele nat, eller som faren sa: talt uvett. Nu lå hun i en stærk sott, kjænte ingen, vilde ikke ta mat til sig, og forældrene sat just og rådslog, om de skulde kalle doktor til. Da de senere gik op og var hos den syke, og Arne sat igjæn, var det ham, som om deroppe var livet og døden, begge to; men han sat utenfor.

Om nogen dager var hun dog bedre. Engang faren sat vakt, fik hun det infall at ville ha Narrifass, den fugl som Matilde vilde git henne, stående foran sengen. Da svarte Bård, hvad sant var, at i al denne hurlumhej hadde folk glæmt fuglen, så den var sturtet. Moren kom i det samme Bård fortalte dette, og hun skrek ænde over sig i døren: "Å jøje mig, for et uvyrde du er, du Bård, at du fortæller den syke jæntungen slikt! Se, der dåner hun bort igjæn for os; Gud forlade dig din synd!" Hvær gang den syke vågnet, skrek hun på fuglen, mente det gik aldrig Matilde godt, siden den var død, vilde til henne - og fallt i vanmagt på ny. Bård stod der og så på dette intil det blev altfor galt; da vilde han hjælpe også; men moren skjøt ham til side, og mente hun skulde passe den syke alene. Da så Bård på dem begge to en lang stund, satte derpå sin hue til rette med begge hænder, vændte sig og gik.

Præsten og præstefruen kom over senere hen; ti sygdommen tok henne med ny magt, og blev så slem at de ikke visste, om det stod til liv eller død.

Både præsten og præstefruen talte Bård til rette, og mente han var for hård mot barnet;de fik høre om hint med fuglen, og præsten sa ham da rent ut at slikt var rått; han vilde selv ta barnet over til sig, sa han, så snart hun blev så vidt, at hun kunde føres; præstefruen vilde tilslut ikke engang se ham, hun gråt og sat hos den syke, fik doktoren fat, tok selv hans forskrifter, og kom derover flere ganger hvær dag for at pleje henne derefter. Bård gik ute på gården, fra det ene sted til det annet, men helst således at han var for sig selv, stod ofte stille lange stunder, satte så sin hue til rette med begge hænder og tok sig noget for.

Moren talte ikke til ham mere. De så næppe på hinannen. Han kom op til den syke et par ganger på dag; da tok han skoene av sig nedenfor trappen, la huen utenfor døren og åpnet varlig. Straks han kom in, vændte Birgit sig, som hadde hun ikke set ham, satte sig som før på huk med hodet i sin hånd, så bort for sig og på den syke. Denne lå stille og blek uten at vite av noget omkring sig. Bård stod en stund nede ved sengefoten, så på dem begge to og sa intet. Engang den syke rørte sig, som vilde hun vågne, listet han sig straks væk - så sagte som han var kommet.

Ofte tænkte Arne på, at nu var der sagt ord mann og kone imellem, samt forældre og barn imellem, som længe var båret sammen og sent vilde glæmmes. Han længtes bort derifra, skjønt han nok gjærne vilde vite første, hvorledes det gik med Eli. Men dette kunde han altid få vite, tænkte han, gik derfor til Bård og sa at han nok vilde hjæm; det arbejde hvortil han var kommet, var færdigt. Bård sat ute på stabben, da Arne kom til ham og sa dette. Han sat på huk og grov i sneen med en pinne; Arne kjænte pinnen; ti det var den samme som hadde holdt fløjen fast. Bård så ikke op; han sa: "Det er vel ikke godt at være her nu; - men det er likesom jeg ikke vil du skal rejse." Og så sa ikke Bård mere, ej heller Arne; han stod litt, gik så bort og tok sig noget for, som var det avgjort at han skulde være.

Senere, da Arne blev inkallt for at spise, sat Bård ænnu på stabben, Da gik Arne bort til ham, og spurte hvorledes det idag stod til med Eli. "Det er nok rent galt idag," sa Bård; "jeg ser moren gråter." Det var som om nogen bød Arne sætte sig ned, og han satte sig bent overfor ham på ænden av et omvæltet træ. "Jeg har tænkt tit på far din i disse dager," sa Bård så uvæntet, at Arne intet kunde svare. - "Du vet vel hvad som har været os imellem?" - "Jeg vet det." - "Å ja; du vet bare det halve, som vænteligt kan være, og lægger stor last på mig." Arne svarte om en stund: "Du har vel opgjort den ting med din Gud, du, likeså visst som nu far min har det." - "Å ja! det kan være som man tar det til, det," svarte Bård. "Da jeg fant denne pinnen igjæn, blev det mig så underligt, at du skulde komme hit og løse fløjen. Likeså godt først som sist, tænkte jeg." Han hadde fåt huen av sig og sat og så in i den.

Arne forstod ænnu ikke, at hermed mente han, at nu vilde han tale med ham om hans far. Ja, han forstod det ænnu ikke, da han begynte på det, så lite lignet dette Bård. Men hvad der var gåt forut i hans sinn, mærket han efterhånden som fortællingen skred frem, og hadde han før hat agtelse for denne tungvinte, men grunnbra mann, så blev den ikke mindre efter dette.

"Jeg kunde vel være såpass som en fjorten år," sa Bård, idet han - likesom av og til under hele sin fortælling - stanset, sa atter nogen ord, men stanset, bestandig så at fortællingen fik et stærkt præg av at bli vejet i hvært ord. "Jeg kunde være såpass som en fjorten år, da jeg lærte at kjænne far din, som var på samme alder. Han var meget vill, og tålte ingen over sig. Og det var dette han aldrig kunde glæmme mig, at jeg stod nummer én til konfirmationen, og han stod nummer to. - Ofte bød han sig til at ville drages med mig, men det blev aldrig til noget; væntelig var ingen av os trygg på sig selv. - Men underligt er det, at han sloss hvær dag, og ingen ulykke opkom derav; den ene gangen jeg skulde til, gik det så galt som det kunde gå ... Men det forstår sig: jeg hadde også væntet længe.

Nils fløj efter alle jænter, og de efter ham. Der var bare én jeg vilde ha, men den tok han fra mig på hvær dans, ved hvært bryllup, i hvært samlag; det var henne jeg nu er gift med ... Jeg hadde ofte hug, der jeg sat, til at prøve styrke med ham for den saks skyll; men jeg var rædd jeg skulde tape, og visste at da tapte jeg henne med det samme. Når alle de andre var gåt, tok jeg de løft han hadde tat, spænte den bite han hadde spænt; men næste gang han fløj med jænten bort ifra mig, våget jeg mig dog ikke i kast med ham - skjønt det hændte dog engang han stod og fjaste med henne like for ansigtet mit, at jeg tok en velvoksen kar og la over biten som for moro. Han blev også blek den gangen ...

Dersom han ænda hadde været god mot henne; men han sveg henne, og det var om igjæn kvæll efter kvæll. Jeg tror næsten hun holdt mere av ham for hvær gang. - Så var det at det siste hændte. Jeg tænkte, at nu måtte det briste eller bære. Vorherre vilde heller ikke han skulde gå længer den gang, og derfor fallt han litt tyngre æn jeg unte ham det ... Jeg har aldrig set ham siden."

De sat en lang stund tause; ændelig fortsatte Bård:

"Jeg bød mig frem igjæn. Hun svarte hverken ja eller nej, og så tænkte jeg det kunde bli bedre siden. Vi giftet os, bryllupet stod nede i dalen hos en faster som hun arvtok; vi begynte med meget, og det har siden vokset. Vore gårder lå ved siden av hinannen, og nu blev det slåt ihop, som min tanke hadde været fra gutten av. - Men meget annet blev ikke, som min tanke hadde været ..." Han sat længe stille; Arne trodde en stund han gråt; - det var ikke så. Men han var ænnu blidere i stemmen æn sædvanlig, da han blev ved:

"Hun var stille i førstningen og meget sorgfull. Jeg hadde intet at sige til trøst, og derfor tidde jeg. Siden fik hun det stundimellem med dette styrendes væsen, som du kanske har set; det var altid et slags ombytte, og derfor tidde jeg også da. Men en rigtig glad dag har jeg ikke hat siden jeg blev gift, og nu har jeg været det i en tyve år - -"

Her brøt han pinnen i to stykker; siden sat han en stund og så på disse stykker.

"- - Da Eli vokste til, tænkte jeg hun hadde mere glæde av at være blant fremmedfolk æn her. Det er sjælden jeg har villet noget, jeg; det meste har også været galt, - så blev dette med. Moren sat og længtes efter barnet, skjønt bare vågen lå imellem, og tilsist skjønte jeg at det heller ikke bar rigtig i vej derover i præstegården; men jeg skjønte det for sent. Hun holder nok nu hverken av far eller mor."

Huen hadde han tat av igjæn; nu lå det lange hår nedover øjnene; han strøk det til side, og satte huen på med begge hænder som vilde han gå; men idet han for at rejse sig hadde vændt sig mot huset, stoppet han og føjde til, idet han så til loftsvinduet:

"Jeg trodde det var best Matilde og hun ikke tok farvel, jeg; men så var det galt. Jeg sa henne at den vesle fuglen var død, for det var jo min skyll, og så syntes det mig best at tilstå det; men så var det også galt. Og slik er det med alting. Jeg har altid tænkt at gjøre det til det beste, jeg; men så er det blet til det værste, og nu er det kommet så vidt, at de taler ondt om mig, både kone og datter, og jeg går her alene."

En jænte ropte op til dem, at nu blev maten kold. Bård rejste sig. "Jeg hører hæstene knægge," sa han; "det er vel nogen som har glæmt dem;" han gik bort til stallen for at gi dem høj.

Tolvte kapitel

Eli var såre matt efter sygdommen; moren sat over henne nat og dag, og var aldrig nede. Faren var da oppe sin sædvanlige tur på hosesokkerne og med huen lagt efter utenfor døren. Arne var ænnu på gården; han og faren sat sammen om kvællene; han var kommet til at holde så av Bård. Bård var en vellært, dyptænkt mann, men var likesom litt rædd det han visste. Når nu Arne hjalp ham til rette, og fortalte ham hvad han ikke før visste, var Bård meget taknemmelig.

Eli kunde snart sitte oppe stundimellem, og efter hvært som det nu gik fremad, fik hun flere infall; således var det en kvæll at Arne sat i stuen nedenunder, hvor Eli lå, og sang viser med høj røst; da kom moren ned, og bad fra Eli, om han ikke vilde komme *didop* og synge, så hun kunde få høre ordene. Arne hadde nok sittet og sunget for Eli, der han sat; ti da moren nu sa dette, blev han rød og rejste sig, som vilde han nægte hvad han hadde gjort, skjønt ingen hadde sagt det. Han tok sig snart, og sa undvigende at det var så lite han kunde synge. Men moren mente det lot ikke så, når han sat alene.

Arne gav efter og gik. Han hadde ikke set Eli siden den dag han hjalp til at bære henne op; han følte at hun nu måtte være meget forandret, og det gjorde ham likesom litt rædd. Men da han sagte åpnet døren og trådte in, var det stummende mørkt i værelset, og han så ingen. Han stanste ved døren. "Hvem er det?" spurte Eli klart og sagte. "Det er Arne Kampen," svarte han varsomt, forat ordene skulde falle bløtt. "Det var snillt du kom." - "Hvorledes står det til med dig, Eli?" - "Takk, nu er det bedre."

"Du får sætte dig ned, Arne," sa hun en stund efter, og Arne følte sig fremover til en stol som stod ved sengefoten. "Det var så godt at høre dig synge, du må synge litt for mig heroppe." "Bare jeg kunde noget som passet her." - Der blev stillt en stund; da sa hun: "syng en salme," og det gjorde han, det var noget av en konfirmationssalme. Da han sluttet, hørte han at hun grât, og derfor turde han ikke synge mere; men om litt sa hun: "syng en sâden en til," og han sang en til, nemlig den som almindeligst brukes på kirkegulvet. "Hvor mange ting jeg har tænkt på, mens jeg har ligget her," sa Eli. Han visste intet at svare, og hørte henne grâte stille derinne i mørket. Et ur kakket borte på væggen, drog op til slag og slog så. Eli drog langsomt pusten et par ganger, som vilde hun lette brystet, og så sa hun: "En vet så lite, kjænner hverken far eller mor. - Jeg har ikke været god mot dem, jeg - og derfor er det så underligt nu at høre den konfirmationssalmen."

Når man taler i mørket, blir man altid mere sanfærdig æn når man ser hværandres ansigt; man siger også da mere.

"Det var godt at høre de ord," svarte Arne; han tænkte på hvad hun hadde sagt den gang hun blev syk. Det forstod også hun, og derfor sa hun: "Var nu ikke dette hændte med mig, så Gud vet hvor længe jeg hadde gåt, før jeg hadde funnet mor." - "Hun har talt med dig nu?" - "Hvær dag;hun har ikke annet gjort." - "Da fik du nok meget at høre." - "Du kan så sige."

"Hun talte nok om min far?" - "Ja." - "Tænker på ham ænnu?" - "Hun tænker på ham." - "Han var ikke god mot henne." - "Stakkars mor!" - "Han var dog værst mot sig selv."

Den ene tænkte hvad han ikke vilde sige den annen. Eli var den som først bant ord imellem dem. "Du skal være lik din far." - "De siger så," svarte han unvigende; hun la ikke mærke til tonen, og derfor kom hun igjæn om en stund: "Kunde også han lage viser?" - "Nej." -

"Syng en vise for mig ... en som du selv har laget." Men Arne hadde ikke for skik at tilstå, det var egne viser han sang. "Jeg har ingen," sa han. "Du har nok, og du synger dem nok også når jeg ber om det." - Hvad han aldrig hadde gjort for andre, det gjorde han nu for henne. Han sang nemlig følgende vise:

Træet stod færdigt med blad og med knop.
"Skal jeg ta dem?" sa frosten og pustede op.
"Nej kjære, la dem stå,
til blomster sitter på!" -
bad træet, og skalv ifra rot og til top.

Træet fik blomster, så fuglene sang.
"Skal jeg ta dem?" sa vinden og viftet og svang.
"Nej kjære, lad dem stå,
til bæret sitter på!" -
bad træet, i vinden det dirrende hang.

Og træet fik bær under soløjets glød.
"Skal jeg ta dem?" sa jænten så ung og så rød.
"Ja kjære, du kan ta
så mange du vil ha!" -
sa træet, og grenen det bugnende bød.

Den visen *tog* næsten vejret fra henne. Han sat også bakefter, som hadde han sunget mere æn han vilde sige.

Mørket ligger tungt over dem som sitter sammen deri, og ikke vil tale; de er aldrig nærmere hinannen æn da. Han hørte, bare hun vændte sig, bare hun drog hånden over åklæet, bare hun engang pustet litt stærkere æn ellers. -

"Arne - kunde du ikke lære mig at lage viser?" - "Har du aldrig prøvd?" - "Jo, nu de siste dagene; men jeg får ingen til." - "Hvad har du da villet ha i dem?" - "Noget om mor, som holdt så av far din." - "Det er et tungt æmne." - "Jeg har også grått over det." - "Du skal ikke søke æmner; de kommer." - "Hvorledes kommer de?" - "Som annet kjært: når du minst vænter." - De tidde begge. "Det undrer mig, at du, Arne, længes bort, som bærer så meget vakkert hos dig." - "Vet du, at jeg længes?" - Hun svarte ikke herpå, hun lå stille som i tanker. "Arne, du må ikke rejse bort!" sa hun, og det kom varmt til ham. - "Somme tider har jeg

79

også mindre lyst." - "Din mor må holde meget av dig. Jeg må få se din mor!" - "Kom bort på Kampen engang du blir frisk." - "Og nu tænkte han henne med én gang sitte i den lyse stue på Kampen og se på fjællene; brystet begynte at gå i ham, blodet fór ham til hodet. "Her er varmt herinne," sa han og rejste sig.

Hun hørte det: "Kjære, vil du gå?" og han satte sig.

- - "Du må komme oftere hit til os. Mor holder så meget av dig." - "Jeg har også selv lyst ... men jeg må dog ha ærend." - Eli tidde litt, som tænkte hun sig om. "Jeg tror," sa hun, "at mor har noget hun vil be dig om." - -

Han hørte henne rejse sig i sengen. Ingen lyd var i kammerset eller nedenunder, uten klokken som kakket på væggen. Da brøt hun ut:

"Gud give det var sommer!"

"At det var sommer!" og det drog op for hans tanke med fugtigt løv og bjælleklang, hauking fra fjællene, sang fra dalene, Svartvatnet lå der og skinte i solen, gårdene vugget deri. Eli kom ut og satte sig likesom hin kvæll. "Var det sommer," sa hun, "og jeg sat på bakken, tror jeg visst at jeg nu kunde synge en vise!"

Han lo og spurte: "Hvad skulde den da gå om?" - "Om noget som var let, om - ja jeg vet ikke selv ..."

"Sig det, Eli!" han rejste sig i glæden, men hugsed sig om og sat.

"Jeg vil ikke sige dig det for alt i værden!" - hun lo. "Jeg sang for dig, da du bad." - "Det er sant; men nej, nej!" - "Eli, tror du, jeg gjør nar av det lille verset du har digtet?" - "Nej, det tror jeg ikke, Arne; men det er ikke noget jeg selv har gjort." - "Er det da av en annen?" - "Ja, det kom således farende." - "Så kan du jo sige mig det." - "Nej, nej det er ikke noget sådant heller. Arne, bed mig ikke mere!" Hun gjæmte visst hodet i sengen; ti det siste kom næsten bort. "Eli, nu er du ikke snill mot mig, sådan som jeg har været mot dig!" han rejste sig. "Arne, det er forskjel ... du forstår mig ikke ... men det var ... jeg vet ikke selv ... en annen gang ... Bliv ikke sint på mig, Arne! gå ikke fra mig!" hun begynte at gråte.

"Eli, hvad fattes dig?" han lyttet. "Er du syk?" han trodde det ikke selv. Hun gråt ænnu; han syntes han måtte gå frem eller tilbake. "Eli!" - "Ja," de hvisket begge. "Tag mig i hånden!" Hun svarte ikke; han lyttet, skarpt, kort - følte sig frem over åklæet, og fik en varm liten hånd som lå bar.

Da gik det i trapperne, og de slap hinannen. Det var moren som kom med lys. "I sitter nok for længe i mørket," sa hun og satte staken på bordet. Men hverken Eli eller han tålte lyset; hun vændte sig mot puten, han holdt for øjnene. "Å ja; det gjør litt ondt i førstningen," sa moren; "men det plejer at gå over."

Arne létte nede på gulvet efter den hue han ikke hadde med, og så gik han.

Dagen efter hørte han at Eli vilde komme ned litt efter middag. Han samlet sit værktøj og sa farvel. Da hun kom ned, var han gåt.

Trettende kapitel

Sent kommer våren in imellem fjællene. Posten som drog efter kongevejen om vinteren, og det tre ganger i uken, går allerede i April blot én gang, og beboerne føler da, at utenfor dem er sneen kastet, isen brutt, dampskibene i fart og plogen sat i jorden. Her ligger ænnu sneen tre alner høj, fæet rauter på båsen, og fuglene kommer, men gjæmmer sig og fryser. Den enkelte rejsende fortæller, at han har sat vogn efter sig nedi dalen, og han har blomster med og syner dem; disse har han plukket ved vejkanten. Da ottest folket, går omkring og tales ved, ser mot solen og utover, hvor meget den orker for hvær dag. De strør med aske på sneen, og tænker på dem som nu plukker blomster.

I en sådan tid var det at gamle Margit Kampen kom gående op over præstegården og bad om at få tale med far. Og hun blev bedt op på kontoret, hvor præsten, en spinkel, lyshåret mann, blid, med store øjne og briller over, tok godt mot henne, kjænte henne og bad henne sitte ned. "Er det nu noget om Arne igjæn?" spurte han, som hadde de oftere talt om dette æmne. "Ja, Gud bæ're os," sa Margit; "det er jo aldrig annet æn godt jeg har at sige om ham og dog er det så tungt;" hun så meget sorgfull ut. "Er nu igjæn denne længsel kommet?" spurte præsten. "Værre æn nogensinde," sa moren. "Jeg tror aldrig han blir hos mig, til våren kommer hitop." - "Han har dog lovt aldrig at rejse fra dig." - "Visstnok; men Herregud, han får selv rå; når sinnet står utefter, så må han vel gå. Hvad skal der så bli av mig?" -

"Jeg tror dog i det længste, at han ikke forlater dig," sa præsten. "Nej visst; men når han nu ikke trives hjæmme? Skal jeg da ha det på min samvittighed, at jeg er i vejen; det er somme tider jeg tænker, jeg selv burde be ham rejse."

"Hvorav vet du, at han nu længes stærkere æn før?" - "Å, av mange ting. Siden midtvinters har han ikke arbejdet ute i bygden en eneste dag. Derimot har han gjort tre byrejser og været længe borte på hvær. Han taler næsten aldrig mens han arbejder, det gjorde han dog ofte før. Han kan sitte lange stunder alene oppe i det lille loftsvindu og se ut over fjællene, på den side Kampestupet er; han kan sitte der den hele søndag eftermiddag, og ofte når det er månelyst sitter han der langt ut i natten." - "Læser han aldrig for dig?" - "Hvær søndag både læser og synger han for mig, det forstår sig, men det er likesom litt i skyndingen, undtagen en og annen gang han næsten gjør for meget av det." - "Taler han da aldrig med dig?" - "Ofte er det så længe imellem, at jeg må gråte for mig selv. Da ser han nok dette og begynner, men det er om de lette ting, aldrig om de tyngre." Præsten gik op og ned, da stanste han og spurte: "Hvorfor siger så du ikke noget til ham?" - Det var længe før hun svarte noget herpå; hun sukket flere ganger, hun så ned og til siderne, hun foldet det tørklæ hun bar: "Jeg er kommet hit idag, for at tale med han far om noget som ligger mig tungt på hjærtet." - "Tal du frit, det vil lette dig selv!" - "Jeg vet det vil lette; ti jeg har nu slæpt på det alene i mange år, og det blir tyngre for hvært." - "Hvad er det, kjære kone?" - Der var en stund ophold, så sa hun: "Jeg bærer stor synd for min søn," hun begynte at gråte. Præsten gik tæt in til henne: "Tilstå mig den, så skal vi sammen be Gud, at den må bli dig tilgit."

Margit hulket og tørret sig, men begynte igjæn at gråte, idet hun skulde tale, og således op igjæn flere ganger. Præsten trøstet henne og sa, at det visst ikke kunde være noget så brødefullt, hun var visst for stræng mot sig selv o. s. v. Men Margit gråt og kom sig ikke til at begynne, før præsten hadde sat sig ned ved siden av henne og snakket vel for henne. Da kom det litt efter litt frem: "Gutten har hat det ondt som barn, og da fik han rejsehugen. Så traf han Kristian, han som nu er blet storrik derover hvor de graver gull; Kristian gav Arne så mange bøker, at han ikke længer blev som vi; de sat sammen i lange nætter, og da Kristian rejste, vilde gutten efter. Men på den tid fallt faren overænde, og gutten lovte aldrig at forlate mig. Men jeg var som en høne der hadde fåt et ande-ægg op under sig; da ungen hadde fåt luft, vilde den ut på det store vand, og jeg gik igjæn og skrek. Nådde han ikke selv, så nådde hans viser, så jeg trodde hvær morgen, at hans seng stod tom.

Da var det at der kom et overhændig langvejs brev til ham; og det måtte jo være fra Kristian. Gud han tilgive mig, at jeg tok og gjæmte det! Jeg trodde det var blet derved, men ænnu ett kom der, og hadde jeg gjæmt det første, så måtte jeg gjæmme det annet. Men var det ikke som de skulde brænne hul på kisten, der de lå; for tænke til den kanten måtte jeg, fra det jeg slog øjnene op til jeg la dem i. Og du skulde aldrig ha set noget så galt, for der kom et tredje til! Jeg stod med det i hånden et kvarter; jeg bar det på brystet i tre dager, og vejde med mig selv om jeg skulde gi ham det eller lægge det hen til de andre; men kanske det hadde magt til at lokke gutten ifra mig, og jeg kunde ikke for det, men jeg la det hen til de andre. Nu gik jeg i angst hvær dag, både for dem som var i kisten, og for at der skulde komme noget nyt. Hvært menneske som drog til gårds, var jeg rædd; sat vi begge inne, og det tok i døren, så skalv jeg; ti det kunde jo være brev, og da fik han det. Når han var i bygden, gik jeg hjæmme og tænkte, at nu får han kanske brev derute, og i det står om dem som er kommet før! Når han vændte hjæm, så jeg på ansigtet langt borte, og Herregud, hvor glad jeg var når han smilte, for da hadde han intet fåt! Han var blet så vakker også nu, likesom far sin, men mere lyslett og blid. Og så hadde han slikt et mål til at synge med; - når han sat ute i døren i kvællsolen, sang op imot åsen og lyttet efter svar, da kjænte jeg på mig at miste ham kunde jeg aldrig! - Bare jeg så ham, eller jeg visste han var der ensteds omkring, og han var nogenlunde glad at se til, og han bare kunde gi mig et ord en gang imellem, så ønsket jeg mig ikke mere her på jorden, og jeg vilde ikke at nogen tåre skulde være ugrått. -

Men nætop som det syntes han bedre trivdes, og likte sig bedre bant folk, kom der bud fra poståpneriet, at nu var det fjærde brev kommet, og i det var der to hundre daler! - Jeg tænkte jeg hadde seget ned, der jeg stod: Hvad skulde jeg nu gjøre? Brevet kunde jeg vel altid få avvejen, men pengene? Jeg fik ikke sove i flere nætter for disse penger;jeg hadde dem en stund på loftet, en stund i kjælderen bakom en tønne, og engang var jeg så overgit, at jeg la dem i vinduet så han kunde finne dem! Da jeg hørte han kom, tok jeg dem igjæn. Men tilsist fant jeg dog ut måten: jeg gav ham pengene, og sa de hadde ståt ute fra den tid mor levde. Han la dem i jorden, som jeg selv hadde tænkt, og der kom de ikke væk. Men så skulde det hænde sig, at nætop den høsten sat han en kvæll og undret sig over, at Kristian hadde glæmt ham for bestandig!

Nu slog såret op igjæn, og pengene brænte; synd var det, og til ingen nytte hadde synden været!

De mor som bærer synd for sit barn, er den ulykkeligste mor av alle - - og dog gjorde jeg det bare av kjærlighed. Så skal jeg vel straffes derefter med at miste det kjæreste. For siden midtvinters har han fåt igjæn den tonen, som han synger når han længes; den har han sunget fra gutten av, og jeg hører den aldrig uten jeg blir blek. Da kan jeg gjøre hvad det skal være, og her skal du se" - hun tok et lite papir op av sin barm, viklet det ut og gav præsten, "her er noget han skriver på imellemstunder; det går visst på den tonen. Jeg tok det med, for jeg kan ikke se så fin skrift; kjære se, om der ikke står noget om rejsen ..."

Der var bare ett vers på dette papir. Til det annet vers stod der en halv og en hel linje hist og her, som var det en vise han hadde glæmt, og nu hugset frem igjæn, vers for vers. Men det første verset lød:

> Undrer mig på, hvad jeg får at se
> over de høje fjælle?
> Øjet møter nok bare sne.
> Rundt omkring står det grønne træ,

85

vilde så gjærne over; -
tro, når det rejsen vover?

"Står der om rejsen?" spurte Margit, hun hang ved præstens
øjne. "Ja, det er om rejsen," svarte han og lot papiret synke.
"Visste jeg de ikke! Å Gud, jeg kjænte jo tonen!" Hun så på
præsten med foldede hænder, bange, spænt, mens tåre på tåre
trillet ned over kinnet.

Men her visste præsten like så litt råd som hun. "Gutten må
være alene om dette," sa han. "Livet forandrer sig ikke for hans
skyll, men det kommer an på, om han selv engang kan se mere i
det. Nu vil han nok likesom rejse ut efter det." - "Men kjære,
det er da likesom med kjærringen, det," sa Margit. "Med
kjærringen?" spurte præsten. - "Ja, hun som rejste ut efter sollys
til sig, istedenfor at hugge vindu på væggen sin." - Præsten blev
forundret over hennes skarpsinn; men det var ikke første gang
når hun kom på dette æmne; for Margit hadde jo ikke tænkt på
annet i syv-otte år. "Tror du han rejser? Hvad skal jeg gjøre? Og
pengene? Og brevene?" Det trængte in på henne alt på én gang.
"Ja, med brevene er det ikke rigtigt. At du har forholdt ham
hvad hans er, det kan du vanskelig forsvare. Men værre er det
imidlertid, at du har sat en medkristen i dårligt lys for din søn,
skjønt han ikke har fortjent det, og værst er det, at det er en han
hadde så kjær, og som holdt inderlig av ham igjæn. Men vi skal
be Gud tilgi dig; vi skal begge be ham." Margit sænket sit hode;
hun sat ænnu med foldede hænder: "Hvor jeg skulde be ham
om forladelse, bare jeg først visste han vilde bli!" - Hun tok nok
fejl av Vorherre og Arne. Præsten lot som han ikke la mærke til
dette. "Agter du at tilstå ham det nu straks?" spurte han. Hun så
dypt ned og sa sagte: "Turde jeg vænte litt ænnu, så vilde jeg nok
gjærne." Men præsten smilte, uten at hun så det. Han spurte:
"Tror du ikke, at din synd blir større, jo længer du dvæler med
tilståelsen?" - Hun arbejdet på tørklæet med begge hænder, la
det sammen i en ganske liten firkant og forsøgte på at få det i en
ænnu mindre; men det vilde ikke gå: "Tilstår jeg dette med

86

brevene, så er jeg rædd han rejser." - "Du tør ikke stole på Vorherre da?" - "Jo, det forstår sig," sa hun hastig; da føjde hun sagte til: "men dersom han nu rejste fra mig allikevel?" - "Du er altså mere rædd for at han skal rejse, æn for selv at bli ved i en synd?" Margit hadde fåt tørklæet ut igjæn; hun førte det nu til øjnene, for hun begynte at gråte. Men præsten sat en stund og betragtet henne; da sa han videre: "Hvorfor fortalte du nu mig alt dette, når det ikke var din hensigt at det skulde føre til noget?" Han væntet længe; men hun svarte ikke. "Trodde du måske din synd skulde bli mindre, når du fik den fortalt?" - "Jeg trodde det," sa hun sagte og med hodet ænnu dypere mot brystet. Præsten smilte og rejste sig. "Ja-ja, min kjære Margit, du må handle slik at du kan få glæde på dine gamle dager."- "Måtte jeg bare beholde den jeg har" sa hun, og præsten trodde hun turde ikke tænke nogen større lykke æn at leve i sin bestandige angst. Han smilte mens han stoppet sin pipe: "Dersom her ænda var en liten jænte som kunde få tak i ham; da skulde du se han blev!" - Hun så raskt op og fulgte præsten med øjnene, intil denne stanste foran henne: "Eli Bøen -? Hvad?" Hun blev rød og så ned igjæn; men hun svarte ikke. Præsten, som stod stille og væntet, sa ændelig, men denne gang ganske sagte: "Dersom vi kunde lage det så, at de kom oftere sammen her på præstegården?" - Hun kiket op på præsten, for at få vite om dette også var fullt alvor. Men hun turde ikke rigtig tro ham. Præsten begynte at gå igjæn, men stanste derpå: "Hør nu, Margit! Når det kommer til stykket, så var det kanske dit ærend hit idag, dette?" - Hun så dypt ned, hun puttet et par fingre in i det sammenlagte tørklæ, og kom ut igjæn med en snipp:"Å ja, Gud bæ're mig så visst, - det var nok dette jeg vilde." - Præsten slog ut i latter og gned sine hænder: "Kanske det var dette du vilde, sist du var her også?" - Hun drog snippen længer frem, hun tøjde og tøjde: "Siden du nu siger det, så var det nok dette, ja." - "Ha, ha, ha, ha! Ja, du Margit, du Margit! - - Vi skal se hvad vi kan gjøre; ti sant at sige, har min hustru og datter for længe siden hat samme tanker som du." - "Er det muligt?" hun så op, så glad og så skamfull på én gang, at præsten ret hadde sin glæde av hennes åpne vakkre ansigt, hvori barnet var reddet frem gjænnem al sorg og frygt. "Ja-ja, Margit, du som har slik kjærlighed, får vel for kjærlighedens skyll tilgivelse både av din Gud og av din søn for hvad du har forbrutt. Du er vel også alt straffet i den stadige store angst, hvori du har levet;vi skal nu se om Gud vil gjøre en snar ænde på en, for vil han det, så hjælper han os litt nu." Hun drog et langt suk, og atter ett og atter ett, da rejste hun sig, takket og nejde, og gik og nejde igjæn i døren. Men hun var ikke vel utenfor den, før hun skiftet. Hun så op mot himmelen med et kort, men av takk strålende blik, og skyndte sig ned ad trappen, og hun skyndte sig mere og mere, jo længer hun kom bort fra folk, og så let som hun gik ned mot Kampen den dagen, hadde hun ikke gåt vejen på mange, mange år. Da hun kom så langt at hun kunde se røken vælte tyk og munter op av pipen, velsignet hun huset, hele gården og præsten og Arne - og hugset så, at de skulde ha røkekjøtt til middag, som var hennes beste mat!

Fjortende kapitel

Kampen var en vakker gård. Den lå midt på den slette, som hadde Kampestupet til grænse nedenfor, og bygdevejen ovenfor; på vejens øvre side stod tæt skog, litt længer oppe højnet åsen, og bak denne stod blå fjæll med sne på. Likeså var der på den andre siden av Kampestupet en bred fjællrække, der først gik rundt hele Svartvatnet der borte, på den side Bøen lå, blev højere henimot Kampen, men bøjde i det samme til side for det brede dalføre, som kalltes Nedrebygden og som begynte her nedenfor; ti Kampen var den siste gård i Øvrebygden.

Op imot vejen vændte våningshusets hoveddør; fra den og op til vejen var der vel et par tusen skridt; en sti førte dit med tætte bjørketrær på begge sider. På begge sider av oprydningen lå skog; gårdens aker og eng kunde økes like så langt som de selv vilde; det var et i de fleste henseender fortrinligt bruk. En liten have lå foran huset. Arne stelte med den, således som bøkerne bød ham gjøre det; til venstre for huset lå fjøsbygningerne og de andre uthus; de var for det meste opført fra nyt av og bygd i en firkant mot våningshuset. Dette selv var rødmalet med hvite vinduskarmer og dører, hadde to stokværk, var torvtækt, småbusker grodde på taket; det ene mønet bar fløjstang, på den drejde en jærnhane sig med høj stjært.

Våren var kommet til fjællbygderne; det var en søndagsmorgen, litt tung i vejret, men rolig, uten kulde; tåken lå like ned på skogen, men Margit mente den lettet op ad dagen. Arne hadde læst prækenen for sin mor, og sunget salmer som hadde gjort ham godt; nu stod han i full puss for at gå op mot præstegården. Han åpnet døren, frisk løvlugt slog imot ham, haven stod dugget og bøjd i morgentåken, men fra Kampestupet bruste det med stærke, støtvise døn, så det skalv for øre og øje.

Arne gik opover. Jo længer han kom fra fossen, desto mere tapte dønet i rædsel, men la sig nu som en dyp orgeltone over alt landskap.

"Vorherre være med ham, der han går!" sa moren, hun åpnet vinduet og så efter ham intil buskerne tok ham. Tåken lettet mere og mere, solen skar igjænnem, der blev liv utover markerne og i haven; der grodde nu alt Arnes arbejde med frisk vækst, bar duft og glæde op til moren. "Våren er vakker for den som længe har hat vinter."

Arne hadde intet bestemt ærend op til præstegården, men han vilde dog høre derhen om aviserne, som han holdt sammen med præsten. Nylig hadde han set navnene på flere normænn som hadde slåt sig godt op med gullgraving i Amerika, og blant dem stod Kristian. Nu hadde Arne hørt som rygte, at Kristian var væntende hjæm. Herom kunde han vel også få besked oppe i præstegården, - og var det således at Kristian alt nu var kommet til byen, vilde Arne til ham i tiden mellem vår- og slåttonnen. Dette gik i hans sinn, like til han kom så langt frem at han kunde se Svartvatnet og Bøen på den andre siden. Tåken lettet også da, solen lekte sig på vollen, fjællet stod med lys top, men hadde tåken liggende i fanget, skogen mørknet vandet til højre side, men der foran husene var det litt flatere, og den hvite sand glittret i solen. Med én gang var hans tanker i den rødmalte bygning med de hvite dører og vinduskarmer, hvorefter han hadde malt sin egen. Han hugset ikke de første tunge dager han hadde hat der; han hugset blot på den sommer de begge så, han og Eli, der oppe foran hennes sykeseng. Siden hadde han ikke været der, siden vilde han ikke gå dit, ikke for alt i værden. Bare hans tanker rørte ved det, blev han rød og skamfull, og dog skedde det op igjæn hvær eneste dag, og mange ganger på dagen, og var det noget som kunde jage ham ut av bygden, så var det nætop dette!

Fort gik han, som vilde han gå langt ifra det; men jo længer han gik, des nærmere kom han Bøen, og des mere så han også på den. Tåken var ganske borte, himmelen klar fra den ene fjællramme til den andre, fuglene svømmet og ropte over til hværandre i den solglade luft, markerne lo med millioner blomster, ingen Kampefoss truet glæden i knæ som til underkastelse og højtid; men livsglad, overgiven tumlet, sang, blinket, jublet den opad uten ænde!

Arne hadde gåt sig blussende het; han kastet sig i græsset like under en bakke, så over til Bøen, væltet sig for ikke at se dit længer. Da hørte han en sang over sig, ren - som han aldrig hadde hørt sang før; den fløt ut over engen mellem fuglesnakket, og innen han rigtig kunde kjænne tonen igjæn, kjænte han også ordene; ti tonen var den han holdt mest av, og ordene var dem han hadde båret på fra han var gut - og glæmt samme dag han fik dem frem! Han sprang op, som vilde han fange dem, men stanste og lyttet; her kom første vers, her kom annet, her kom tredje, fjærde rinnende nedover til ham av hans egen glæmte vise -:

> Undrer mig på, hvad jeg får at se
> over de høje fjælle?
> Øjet møter nok bare sne.
> Rundt omkring står det grønne træ,
> vilde så gjærne over; -
> tro, når det rejsen vover?

> Ørnen løfter med stærke slag
> over de høje fjælle,
> ror i den unge, kraftfulle dag,
> mætter sit mot i det ville jag,
> sænker sig, hvor den lyster, -
> ser mot de fremmede kyster!

> Løvtunge apall, som intet vil
> over de høje fjælle!
> sprætter, når somren stunder til,
> venter til næste gang den vil,
> alle dens fugler gynger,
> vet ikke hvad de synger: -

Den som har længtet i tyve år
over de høje fjælle, -
den som vet, at han ikke når,
kjænner sig mindre år for år, -
hører hvad fuglen synger,
som du så trøstig gynger.

Sladdrende fugl, hvad vilde du her
over de høje fjælle?
rede du fant visst bedre der,
videre syn og højere trær,
vilde du bare bringe
længsel, men ingen vinge?

Skal jeg da aldrig, aldrig nå
over de høje fjælle?
skal denne mur mine tanker slå,
sådan med sne-is og rædsel stå,
stængende der til det siste, -
blive min dødningkiste?

Ut, vil jeg! ut! - å så langt, langt, langt
over de høje fjælle!
Her er så knugende, tærende trangt,
og mit mot er så ungt og rankt, -
lad det få stigningen friste,
ikke mot murkanten briste!

Engang, jeg vet, vil det række frem
over de høje fjælle.
Kanske du alt har din dør på klæm?
Herre min Gud! godt er dit hjæm ...
lad det dog ænnu stænges,
og jeg få lov til at længes!

Arne stod til det siste vers, det siste ord var sunget hen; atter hørte han fuglene skjæmte og le, men han visste ikke om han selv turde røre sig. Vite hvem det var, måtte han dog; han løftet foten, og gik så vart at han ikke hørte græsset knase. En liten sommerfugl satte sig i en blomst like foran foten på ham, måtte op igjæn, fløj atter bare et lite stykke, måtte op igjæn, fløj atter et lite stykke, måtte op igjæn - og så videre frem hele bakken som han krøp op. Men der stod en tæt busk, han vilde ikke længer frem; ti nu kunde ha se en fugl fløj op ifra busken, skrek skræmt og skar bort over bakkehældingen; da så hun op, hun som sat der; han dukket sig ned, dypt, dypt, holdt ånden igjæn, hjærtet klappet, han hørte hvært slag, lyttet, turde ikke røre ved et blad; ti det var jo henne, det var Eli! - Længe, længe efter så han op lite grand, vilde gjærne dra sig et skridt nærmere; men fuglen kunde ha rede under busken, og det turde han ikke træde på. Han så da frem mellem bladene, eftersom de fløj til side eller stak sig sammen. Solen fallt like på henne, hun sat i en sort livkjole uten ærmer, hadde en halmhat på hodet, som tilhørte en gut; den sat løst og vilde falle til den ene side. I fanget hadde hun en bok liggende, men ovenpå den en hel del markblomster; hennes højre hånd famlet in imellem dem som i tanker, den venstre var lænet på knæet, og i den lå henne hode. Hun så ut efter der hvor fuglen var fløjet, og det var uvisst om hun hadde grått.

Noget vakkrere hadde Arne i sine levedager hværken et eller drømt; solen la også alt sit gull både på henne og pletten, og sangen drev om henne, skjønt den længst var sunget, så han tænkte, drog ånde, ja hjærtet slog i takten av den.

Hun tok boken og åpnet den, men lukket den snart, og sat som før mens hun gav sig til at nynne. Det var "Træet stod færdigt med blad og med knop" - han kunde høre det, skjønt hun ikke hugset godt hværken ordene eller tonen, og tok ofte fejl. Det vers hun kunde best, var det siste, derfor tok hun det ofte op igjæn; men hun sang det således:

Og træet fik bær, de var modne og rød'.
"Jeg må få dem!" bad jænten, hun var nu så sød.
"Ja, alle disse små,
dem kan du gjærne få!"
sa træet - trala-lala, la-lala - sød!

Og så med én gang sprang hun op, rystet alle blomsterne rundt
omkring, hauket, så tonen trinset gjænnem luften og nådde
gjærne over like til Bøen. Og så sprang hun! - - Skulde han rope?
Nej! - Der hoppet hun alle bakker ned, syngende, trallende; der
fallt hatten av, der tok hun den op igjæn, der stod hun midt i
det højeste græsset. - "Skal jeg rope? Hun ser sig om!" - Han
ned. Længe var det før han turde gløtte frem, og først løftet han
bare hodet, så henne ikke; - stod på knæ, så henne ikke; - helt
op ... nej, hun var borte!

Han vilde ikke mere til præstegården. Han vilde ingenting! -
Siden sat han hvor hun hadde sittet, sat der ænnu da solen gik
til middag. Sjøen trillet ikke med en eneste båre, fra gårdene
begynte røken at tittre i vejret, akerrikserne holdt op, den ene
efter den annen, småfuglene spøkte vel, men drog sig mot
skogen, duggen var borte, så græsset stod alvorligt, ingen vind
var der, så bladene hang stille, solen stod om en time i middag.
Han visste ikke hvordan det gik til, at han sat der og stelte med
et lite digt; en bløt tone kom og bød sig frem til det, og med
brystet underlig fullt av alt som var mildt, gik og kom tonen så
længe til den hadde med et helt billede.

Han sang det stillt som han hadde gjort det.

I skogen smågutten gik dagen lang,
gik dagen lang;
der hadde han hørt lik en underlig sang,
underlig sang.

Gutten en fløjte av selje skar,
av selje skar -

og prøvde, om tonen derinne var,
derinne var.

Tonen den hvisket og nævnte sig,
og nævnte sig,
men best som han lydde, den løp sin vej,
den løp sin vej.

Tit når han sov, den til ham smøg,
den til ham smøg,
og over hans panne med ælskov strøg,
med ælskov strøg.

Vilde den fange, og vågnet bratt,
og vågnet bratt;
men tonen hang fast i den bleke nat,
den bleke nat.

"Herre min Gud, tag mig derin,
tag mig derin!
ti tonen har fåt mit hele sinn,
mit hele sinn."

Herren han svarte: "Den er din ven,
den er din ven;
skjønt aldrig en time du ejer den,
du ejer den."

Femtende kapitel

- Det var en søndagskvæll ut på sommeren; præsten var kommet igjæn fra kirken, og Margit hadde sittet hos ham nu til klokken blev henimot syv. Da tok hun farvel og skyndte sig ned ad trapperne og ut på gården, for der hadde hun nætop fåt øje på Eli Bøen, som længe hadde lekt med præstens søn og sin egen bror.

"God kvæll!" sa Margit, hun blev stående, "og signe laget!" - "God kvæll!" sa Eli, hun var blussende rød og vilde holde op, skjønt gutterne trængte in på henne; men hun bad for sig og fik lov til at slippe for i kvæll. - "Jeg synes mest jeg skulde kjænne dig og," sa Margit. - "Det kan nok gjærne være, det," sa den annen. - "Det skulde da vel aldrig være Eli Bøen?" - Jo, det var nok så. - "Å nej da! - Så du er Eli Bøen! Ja, nu ser jeg det, du ligner på mor din." Elis brunrøde hår var revet ut, så det hang løst og langt nedover; hun var så het og rød i ansigtet som et bær, barmen fløj op og ned, hun kunde ikke snakke, og lo over at hun var så forkavet. - "Å ja, det hører ungdommen til, det." - Margit så sig glad i henne. "Du skulde vel ikke kjænne mig, du?" Eli hadde nok villet spørge, men kom sig ikke til, fordi den annen var ældre; nu sa hun, at hun mintes ikke at ha set henne før. - "Å nej, det er også lite vænteligt; gammelt folk kommer sjælden frem. - Sønnen min kanske du kjænner litt til, han Arne Kampen; jeg er mor hans, jeg," hun skottet til Eli, som også blev meget forandret. - "Jeg tror næsten han har arbejdet engang der borte på Bøen?" - Jo, han hadde nok så. - "Det er et vakkert vejr i kvæll; vi kastet højet, vi, ut på dagen, og tok det in før jeg gik; det er rigtig et velsignet vejr." - "Det blir visst et godt højår i år," mente Eli. - "Ja, du kan så sige;- på Bøen er det vel vakkert?" - "De er færdige der nu?" - "Forstår sig, ja; stor hjælp, driftige folk. - Skal du hjæm i kvæll?" - Nej, hun skulde ikke det. - De talte sammen om et og annet og blev efterhånden så vidt kjænte, at Margit turde våge at spørge om hun vilde gå med et stykke.

"Kunde du ikke slå følge med mig bortover nogen steg," sa hun; "jeg træffer så sjælden nogen at snakke med, jeg, og for dig kan det vel være slikt slag?" - Eli unskyllte sig med, at hun hadde ingen trøje. - "Å ja, det er også skamfullt av mig at be om slikt, første gangen jeg ser et menneske; men gammelt folk må en bære over med." - Eli sa hun kunde gjærne følge også; nu vilde hun bare in efter trøjen.

Det var en tætsluttende trøje; når den var hægtet til, så det ut som hun bar livkjole; men nu hægtet hun blot de to nederste hægter, hun var så varm. Det fine lintøj hadde en liten utover fallende krave og blev holdt fast i halsen av en sølvknap i skikkelse av en fugl med utslagne vinger. En sådan hadde Nils skrædder båret den første gang Margit danset med ham. - "En vakker knap," sa hun og så på den. - "Jeg har fåt den av mor," sa Eli. "Du har vel det, ja," hun hjalp henne til rette.

Nu gik de bortover vejen. Højet var slåt og lå i såter, Margit tok borti såterne, lugtet på det og fant det var godt høj. Hun spurte efter buskapen her på gården, fik derved spørge om den på Bøen, og fortalte så hvor stor den var som de hadde på Kampen. "Gården er gåt dygtig frem i de senere år, og den kan bli så stor en selv vil. Den før tolv mælkekjør nu, og den kunde fø flere; men han har så mange bøker han læser i og steller efter; derfor vil han ha dem fødd på slik stor-vis." Eli sa ingenting til alt dette, som vænteligt var; men Margit spurte henne hvor gammel hun var. Hun var nitten år. "Har du tat nogen hånd med i husstellet? Du ser så fin ut, det har vel ikke været stort." - Å jo, hun hadde hjulpet adskillig til, især i den siste tid. - "Ja, det er godt at være vant til noget av hvært; når en selv får stort hus, kan meget trænges. Men det forstår sig, den som finner god hjælp foran sig, står det jo ikke på." - Eli vilde nok gjærne vænde om igjæn, for nu var de forlængst forbi præstegårdsjordet. "Det er længe ænnu til solen går ned; - du var snill om du vilde prate litt længer med mig," - og Eli gik med.

Nu begynte Margit at tale om Arne. "Jeg vet ikke om du kjænner stort til ham. Han kan lære dig noget av hvært, han; Gud bevare os, hvor meget han har læst!" Eli tilstod, at hun visste han hadde læst meget. "Å ja, det er ænnu det minste ved ham, det; nej, slik som han har været mot mor sin alle sine dager, det er mere, det! Skal det være sant, som de siger for et gammelt ord at den som er god mot sin mor, er god mot sin kone, da får den som han vælger, just ikke stort at klage over ... Hvad er det du der ser efter, barn?" - "Jeg mistet bare en liten kvist som jeg gik og bar." - De blev begge stille og gik uten at se til hinannen. "Han er så underlig av sig," sa atter moren; "han er blet så forskræmt som barn, og derfor er han blet vant til at tænke alting for sig selv, og det slags folk kommer sig ikke rigtig til." - Nu vilde Eli ændelig vænde, men Margit mente det var bare et stykke igjæn til Kampen, og da måtte hun se Kampen, siden hun var der. Men Eli mente det blev for sent for idag. "Der er altid dem som følger dig hjæm," sa Margit. "Nej, nej," svarte Eli raskt og vilde gå. "Ja, han Arne er ikke hjæmme," sa Margit, "så ham blir det ikke; men der er vel altid andre," og Eli hadde nu mindre mot det; hun vilde gjærne se Kampen også; "bare det ikke blir for sent." - "Ja, står vi længe og snakker om det, kan det nok bli for sent" - og de gik. "Du har vel læst meget, du, som er opdraget hos præsten?" Ja, hun hadde det. "Det vil komme godt til nytte," mente Margit, "når du får en som kan mindre." Nej, det mente Eli hun ikke vilde ha. "Å nej; det er kanske heller ikke det beste; men her i bygden er folket så lite lært." - Eli spurte, hvad det var som røk der borte i skogen. "Det er av en ny husmannsplass, det, som er lagt under Kampen. Der bor en mann som heter Oplands-Knut. Han gik alene her, og så gav Arne ham den plassen at rydde. Han forstår hvad det er at gå alene, Arne, stakkar." - Om en stund kom de så højt op, at de kunde se gården. Solen stod dem like i ansigtet, de skygget for øjnene og så nedover. Midt på sletten lå gården, rødmalet, med hvite vinduskarmer; rundt omkring var engen slåt, noget høj stod i såter, akrene lå grønne og svære midt i den bleke eng; borte ved fjøset var stor travlhed: kjør, sauer, gjeter kom nætop hjæm, klokkerne kimte, hundene gjødde, budejen ropte; men over det hele med forfærdelig larm gik fosseduren, der stod op av Kampejuvet. Jo længer Eli så, des mere hørte hun bare denne tonen, og den blev henne tilsist så forfærdelig, at hun fik hjærteklap; det bruste og suste gjænnem hennes hode, til hun blev ganske vill, og ovenpå så mild og varm, at hun uten at mærke det gik vart med små skridt, så Margit bad henne gå litt fortere. Hun skræmtes op; "jeg har aldrig hørt slikt som den fossen før," sa hun; "jeg blir næsten rædd." - "Det vænner du dig snart til," sa moren; "tilsist vil du savne den." - "Kjære, tror du det?" spurte Eli. "Ja, det skal du nok se," sa Margit; hun smilte.

"Kom, nu skal vi først se på buskapen," sa hun, idet de bøjde ned fra vejen; "disse trær har Nils sat her på begge sider.- Han vilde gjærne ha det vakkert, Nils; - det vil Arne også; der skal du se den haven han har lagt." - "Å nej, å nej!" ropte Eli, hun sprang fort hen til gjærdet. Hun hadde oftere set Kampen, men aldrig så nær, og derfor slet ikke haven. -"Siden skal vi se på den," sa Margit. - Eli så flygtig gjænnem ruterne med det samme hun gik forbi huset; der var ingen inne.

Begge stillet sig op på låvekloppen og så på kjørne, idet de gik rautende forbi og in i fjøset. Margit nævnte dem ved navn op for Eli, fortalte hvor meget hvær enkelt mælket, hvem der var sommerbær, hvem ikke. Sauerne blev talt og insluppet; de var av et stort fremmed slag; Arne hadde fåt fat i to lam sydpå. "Han lægger sig efter alt slikt, ænda en ikke skulde tro det om ham." - De gik nu in i låven og så på højet, som var inkjørt, og Eli måtte lugte på det, - "for slikt høj finnes ikke alle steder". Hun viste gjænnem låveluken ut på akrene, og sa hvad hvær enkelt bar og hvor meget der var sådd av hvært slag. - De gik ut og til huset; men Eli, som ikke hadde svaret noget til alt det annet, bad nu, de gik forbi haven, om hun ikke måtte få gå in i den. Og da hun hadde fåt det, bad hun siden om hun måtte få plukke en blomst eller to. Der var en liten bænk henne i det ene hjørne; den satte hun sig på, bare som for at prøve den; ti hun rejste sig straks. "Vi må skynde os nu, skal det ikke bli for sent," sa Margit, hun stod i døren. Og nu gik de in. Margit spurte om hun ikke skulde traktere henne med noget, den første gangen hun stod der; men Eli blev rød og sa kort nej. Hun så sig nu om, hvor hun stod; her vændte vinduerne op til vejen, og her opholdt de sig om dagen; stuen var ikke stor, men hyggelig med ur og kakkelovn. Her hang Nils's fele, gammel og mørk, men med nye strænger. Her hang et par geværer som hørte Arne til, engelsk fiskestang og andre rare ting som moren tok ned og viste; Eli så på det og rørte ved det. Stuen var uten maling, for det likte ikke Arne; ej heller var der maling i den stuen som vændte ut mot Kampestupet med det friske fjæll bent over og de blå i bakgrunnen; denne stue, der var en tilbygning likesom hele denne halve side av huset, var større og smukkere; men i de to mindre stuen på fløjen var maling, for der skulde moren leve, når hun blev gammel - og han fik kone i huset. De gik i kjøkkenet, på stabburet, i ildhusene; Eli sa ikke et eneste ord, ja hun så ændog på alle ting likesom på avstand; kun når Margit rakte noget frem mot henne, rørte hun det, men selv da ganske let. Margit, som snakket den hele vej, førte henne nu in i gangen igjæn; de skulde op og se på loftet.

Der var også vel inrettede værelser, svarende til dem dernede; men de var nye og ikke tat i bruk på ett nær, som vændte ut mot Kampestupet. I disse værelser hang og stod al slags inbo, som ikke bruktes i den daglige husholdning. Her hang en hel del opsydde skinnfæller samt andre sengklær; moren tok i dem, løftet dem, Eli måtte nu og da gjøre det samme; det syntes imidlertid som hun nu hadde fåt litt mere mot, eller også la hun mere glæde i disse ting; ti til enkelte av dem gik hun tilbake, spurte og moret sig mere og mere. Da sa moren: "Nu skal vi tilsist gå in på Arnes eget rum;" de gik in i det værelse som vændte mot Kampestupet. Den forfærdelige fossedur slog atter imot dem; ti vinduet stod åpent. Her var det højere, her kunde de se strålesprøjten av fossen stå op imellem fjællene, men ikke fossen selv, uten der længre oppe, hvor et klippestykke var fallt ut nætop som den kom med al sin magt til siste sprang ned i juvet. Frisk torv lå over klippestykkets øvre flate, et par furukongler hadde gravet sig ned i det og grodde op igjæn med røtter i stenrifterne. Vinden hadde rusket og revet i trærne, fossen vasket dem, så der ikke fantes kvist fire alner fra roten, i knæ var de bøjd og grenene krøkte, men stod gjorde de og skar højt op mellem fjællvæggene. Dette var det første Eli så fra vinduet, dernæst de drivende hvite snefjæll op over de grønne. Hun drog øjet tilbake: over markerne var der fred og frugtbarhed, og nu ændelig så hun sig om i rummet hvor hun stod;fossen hadde før forbudt det.

Hvor var herinne stillt og fint mot derute! Hun så intet enkelt, fordi det ene høvde i det andre, og det meste var nyt for henne; ti Arne hadde lagt sin ælsk på dette rum, og så tarveligt det var, var det kunstforstandigt, næsten hvært grand som var der. Der var som kom hans vers syngende, mens hun stod og så, eller som han selv smilte fra hvær ting. Det første hun enkeltvis fæstet sig ved, var en bred, fint utskåret, stor bokhylde. Der var så mange bøker, at hun trodde ikke præsten hadde flere. Et vakkert skap var det næste. Der hadde han mange rare ting, sa moren; der hadde han også sin penger, la hun hviskende til. To ganger hadde de arvet, sa hun siden; de skulde også arve en gang til, hvis alting gik som det burde. "Men penger er ikke det beste i værden; han kan få det som bedre er." - Der var mange småting i rummet som var trøjsamme at se på, og Eli så på dem allesammen så glad som et barn. Margit klappet henne på skulderen: "Jeg har ikke set dig før idag, men jeg holder alt så meget av dig, barnet mit," sa hun og så henne godmodig in i øjnene. Før Eli fik tid til at bli litt skamfull, trak Margit i henne og sa ganske sagte: "Der ser du et lite rødmalt skrin; - der kan du tro er noget som er rart." - - Eli så til det, det var et lite firkantet skrin, som hun fik svær lyst til at eje. "Han vil ikke jeg skal vite hvad som er i det skrin," hvisket moren, "og han gjæmmer nøklen bort hvær gang;" - hun gik bort til nogen klær som hang på væggen, tok ned en fløjels brystduk, létte i urlommen, og der lå nøklen. "Kom nu, skal du se," hun hvisket; Eli syntes slet ikke det var rigtigt hvad moren nu gjorde; men kvinner er kvinner - og begge to gik ganske sagte hen og stillet sig på knæ foran skrinet. Med det samme moren åpnet låket, slog der en vellugt op imot dem, så Eli slog hænderne sammen, før hun ænnu hadde set nogen ting. Øverst lå et tørklæ bredt utover, det tok moren til side;"her skal du se!" hvisket hun, og hun tok op et fint sort silketørklæ, et sådant som ikke mannfolkene bærer. "Det er akkurat som til en jænte," sa moren. "Her er ett til," sa hun; Eli tok i det, hun kunde ikke bare sig, men moren måtte ændog prøve det på henne, skjønt Eli ikke vilde og bøjde hodet. Moren la dem omhyggelig sammen igjæn. "Her skal du se," sa hun så, hun tok op nogen vakkre silkebånd; "altsammen er som til en jænte." Eli var ildende rød, men ikke et kny; barmen bølget, øjnene var sky; aldeles urørlig for resten. "Her er ænnu mere!" Moren tok op et vakkert sort kjoletøj; - "det er vel fint," sa hun og holdt det mot dagslyset. Eli skalv litt på hånden, da moren bad henne ta i det, hun følte blodet fór henne til hodet, hun vilde gjærne vænde sig bort; men det gik ikke an. "Han har kjøpt noget på hvær byrejse," sa moren. Eli kunde nu næppe mere; øjnene løp om i skrinet fra den ene ting til den andre og tilbake til kjoletøjet; hun så i grunnen intet mere. Men moren blev ved, og den siste ting hun tok op, lå i papir; de viklet det ene av efter det annet; dette lokket atter, Eli blev meget spænt; det var et par små sko. De hadde nok aldrig set maken, nogen av dem; moren trodde ikke de kunde arbejdes, Eli sa ikke et ord; men da hun måtte ta i skoene, stod alle hennes fem fingre på dem, hun blev så skamfull at hun var ved at gråte; hun vilde helst gå; men hun turde ikke tale, hun turde heller ikke få moren til at se op. Denne var aldeles optat av sit. "Ser det ikke akkurat ut, som han litt efter litt har kjøpt til en han ikke turde gi det til?" sa hun og la det

altsammen aldeles sådan som det hadde ligget; hun måtte ha
øvelse i det. "Nu skal vi se hvad som er i læddiken!" Sagte åpnet
hun den, som skulde de rigtig få se noget vakkert. Der lå en
spænne, bred som til et livbånd; det var det første hun viste Eli,
dernæst viste hun henne et par sammenbundne ringer av gull,
og hun så en salmebok i fløjel med sølvspænner,men da så hun
heller ikke mere, for hun hadde set inprikket på salmebokens
sølv med fin skrift: "Eli Bårdsdatter Bøen". - - Moren vilde hun
skulde se, fik ikke svar, men så tåre på tåre trille ned på silketøjet
og dra sig utover. Da la moren ned søljen som hun holdt, lukket
læddiken til, vændte sig og tok Eli in til sig. Da gråt datteren
inne ved henne, og moren gråt over henne, uten at nogen av
dem sa noget mere.

* * *

En stund efter gik Eli ute i haven for sig selv; moren gik i
kjøkkenet, hun skulde lage et eller annet godt, for nu kom Arne
straks. Siden gik hun ut og så til Eli i haven; hun sat på huk der
og skrev i sanden. Hun strøk over, da Margit kom, så op og
smilte; hun hadde grått. - "Ingenting at gråte for, barnet mit," sa
Margit og klappet henne. - De så noget sort mellem buskene
oppe på vejen. Eli sneg sig in, moren efter. Her var stor
opdækning med rømmegrøt, spekekjøtt, kringler; men Eli så
ikke på det, hun satte sig på en stol borte i klokkekråen, op til
væggen, og skalv, bare hun hørte en kat røre sig. Moren stod ved
bordet. Faste skridt lød på stenhellerne, et kort, let skridt i
gangen, døren stille op, og Arne trådte in. Det første han så, var
Eli i klokkekråen; han slap døren og blev stående. Dette gjorde
Eli ænnu mere forlegen; hun rejste sig, angret det straks og
vændte sig mot væggen. - "Er du her?" sa Arne sagte, han blev
blussende rød, da han spurte. - Hun tok en hånd op og holdt for
sig, som når solen faller for stærkt i øjnene. "Hvorledes -?" han
fullførte ikke, men han gjorde et skridt eller to imot henne, da
sænket hun hånden igjæn, vændte sig mot ham, men bøjde
hodet og brast i gråt. - "Gud velsigne dig, Eli!" sa han og tok

omkring henne; hun la sig op til ham. Han hvisket noget nedover til henne, hun svarte ikke, men tok ham om halsen med begge sine hænder.

Længe stod de således, ikke en lyd hørtes, uten fossen som gav den evige minnelse. Da gråt der nogen borte ved bordet, Arne så op, det var moren; han hadde ikke set henne før. "Nu er jeg sikker på du ikke rejser fra mig, Arne," sa hun, kom gående over gulvet hen til ham; hun gråt meget, men det gjorde godt, sa hun.

* * *

Da de i den lyse sommernat gik hjæm, kunde de ikke tale stort i sin nyfødte herlighed. De lot selve naturen føre tale imellem sig, så stille, lys og stor, som den fulgte. Men det var på hjæmvejen fra denne deres første sommernatstur, det var imot den rinnende sol, at han ænnu gik og grunnla en sang som han vel ikke da hadde ro til at bygge, men som senere da han hadde fåt den færdig, en stund blev hans dagvise. Den löd således.

Jeg tænkte, jeg blev noget rigtig stort;
jeg tænkte det kom, når jeg først kom bort.
Jeg selv og alt om mig glæmtes -
til utfærd tankerne stemtes.
Da så mig en jænte i øjet op,
og små blev de vide veje:
Nu føler jeg det som livets top
med henne al fred at eje.

Jeg tænkte, jeg blev noget rigtig stort;
jeg tænkte, det kom når jeg først kom bort;
til åndernes store stævne
højt stundet min unge ævne.
Hun lærte mig, hun, før hun sa et ord:
Det største som Gud kan give,

er ikke at kalles berømt og stor,
men menneske ret at blive.

Jeg tænkte, jeg blev noget rigtig stort;
jeg tænkte, det kom når jeg først kom bort.
Jeg kjænte det koldt i hjæmmet,
jeg kjænte mig mistænkt, fremmed.
Da henne jeg så, jeg kjærlighed så
i næsten hvært blik mig møtte;
det var bare mig de væntede på -
og livet på nyt sig fødte!

Der kom siden mangen en sommernatstur og mangen en vise
derefter. En av dem må optegnes:

Jeg vet ej, hvorledes det alt er kommet,
det har ikke stormet, det har ikke flommet,
en lekende, blinkende bæk i mig selv
har bøjet sig in i den brede elv,
som ganger stor, så stor mot havet.

Der noget på være i selve livet,
som kaller på den hvem trang er givet,
en dragende magt, et kjærligt bryst,
som sorg og skyhed og utfærdslyst
kan favne med fred i brudegave.

Kan livet mig sende et bud, uskyldigt,
som det, nu kallte, jeg føler fyldigt:
en ordnende Gud har været her før,
hans levende love det hele gjør -
stillt bæres jeg mot det evig gode.

Men kanske ingen uttrykte hans taknemmelighed som den
følgende:

Den magt som gav mig min lille sang,
har gjort at livsgangens sorg og glæde
har fallt livsalig som sol og væde
på sjælens bølgende forårstrang,
så hvad æn hændte,
det brøt ej ned -
med sang det vændte
mot kjærlighed.

Den magt som gav mig min lille sang,
den gav mig frændskap med alt som længes,
og derfor kunde jeg aldrig stænges
og kort kun stanses av selvsykt hang;
jeg måtte fremad,
om æn det sved -
og fant så hjæmad
til kjærlighed.

Den magt som gav mig min lille sang,
må mig gi magt til at nå de andre,
så jeg fra vejen jeg får at vandre,
kan glæde nogle en enkelt gang.
Ti større gammen
jeg ikke ved,
æn synge sammen
i kjærlighed.

Sekstende kapitel

Det var ut på høsten, folk holdt på at kjøre in i hus. Det var en klar dag, det hadde regnet om natten og morgenen, derfor var luften mild som om sommeren. Det var en lørdag, men desuagtet stævnet mange båter over Svartvatnet hen mot kirkesiden, mannfolkene sat i skjorteærmer og rodde, kvinnfolkene sat foran og i skottet med lyse tørklær over hodet. Men ænnu flere båter stævnet over mot Bøn, for derfra senere at ro ut i stort følge; ti idag gjorde Bård Bøen bryllup for sin datter Eli og Arne Nilsson Kampen.

Alle dører stod åpne, folk gik ut og in, barn med kakestykker i hænderne stod rædde for sine nye klær ute på gården og så fremmed på hværandre; en gammel kone sat oppe på stabburtrappen for sig selv; det var Margit Kampen. Hun bar en stor sølvring med flere småringer fæstet til den øvre sølvplate; den så hun på en gang imellem; hun hadde fåt den av Nils den dag hun stod brud med ham, og hadde aldrig båret den siden.

Omkring i de to-tre stuer gik kjøgemesteren og de to unge brudesvenner, præstens søn og Elis bror, og skjænket folk, efter hvært som de kom til det store bryllup. Oppe på Elis værelse sat bruden, præstefruen og Matilde, der var kommet fra byen ens ærend for at pynte *hende* som brud; ti dette hadde de lovt hinannen fra de var små. - Arne i klædesklær, rund, tætsluttende trøje og med en krave som Eli hadde sydd, stod nede i en av stuerne ved det vindu Eli hadde skrevet "Arne" på. De var åpent, han stod ved karmen og så ut over det stille vand til præstegårdssiden mot kirken.

Ute i gangen møttes to som kom hvær fra sin gjærning, den ene fra støen, hvor han hadde været med at ordne kirkebåterne; han hadde en sort klædes rundtrøje, men blå vadmelsbukser som farvet, så han var blå på hænderne; den hvite krave klædde hans lyse ansigt og lyse lange hår; den høje panne var stille, om munnen lå et smil. Det var Bård; han møtte én i gangen, som nætop kom fra kjøkkenet. Hun var pyntet til kirkefærd, høj og rank, kom sikkert gjænnem døren og hadde litt fart; da hun møtte Bård, stanset hun, mens munnen drog op til den ene side. Det var Birgit, konen. Begge hadde de noget at sige, men det uttryktes kun derved at de begge stod stille. Bård var mere forlegen æn hun, han smilte mere og mere, men nætop hans store forlegenhed hjalp ham ut av det, idet han nemlig uten videre begynte at gå op igjænnem trappen; "kanske du vil følge efter," sa han. Og hun gik efter. Heroppe på loftet var de ganske alene; men Bård lukket dog døren i efter dem, og gav sig meget god tid. Da han ændelig vændte sig, stod Birgit ved vinduet og så utover, det var for ikke at se inover. Bård tok frem en liten flaske av brystet og et lite sølvstøp. Han vilde skjænke konen sin. Men hun vilde ikke ta derimot, skjønt han forsikkret det var vin som var sendt dit fra præstegården. Så drak han den selv, men bød henne et par ganger mens han drak. Han korket flasken til, gjæmte den igjæn i brystlommen tillikemed sølvstøpet og satte sig ned på en kiste. Det gjorde ham åbenbart ondt, at konen ikke vilde drikke med ham.

Et par ganger drog han pusten langt. Birgit støttet for sig med den ene hånd borti vinduskarmen. Bård hadde noget at sige; men nu var det blet ænnu tyngre. "Birgit," sa han, "du tænker vel på den samme idag, du, som jeg." - Da hørte han henne, for hun gik fra den ene side av vinduskarmen til den andre, og hun lænet sig atter til sin arm. "Å - ja, du skjønner hvem jeg mener. ... Han skilte os to, han. Jeg tænkte det skulde række bort til brylluppet, men det har rukket længer." Han hørte henne dra pusten, han så henne atter ændre stilling, men han så ikke hennes åsyn. Selv strævde han, der han sat, så han måtte tørke sig med trøjeærmet. Efter en lang kamp tok han atter i: "Idag er en søn av ham, vellært og vakker, tat in til os, og ham har vi git vor eneste datter ... Hvad synes dig nu, Birgit, om vi to idag også holdt vort bryllup?" - Stemmen dirret, og han rømmet sig. Birgit, som hadde rørt på sig, la atter hodet ned på sin arm, men hun sa intet. Bård væntet længe, men han fik intet svar - og mere hadde han heller ikke selv at sige. Han så op og blev meget blek; ti hun vændte ikke engang hodet. Da rejste han sig. I det samme banket det sagte på døren og spurte in med blid stemme: "Kommer du nu, mor?" - det var Eli. Der var noget ved røsten, som gjorde at Bård uvilkårlig blev stående, og uvilkårlig måtte se bort på Birgit. Birgit løftet også hodet; hun så mot døren, møtte Bårds bleke ansigt. "Kommer du nu, mor?" spurtes en gang til der utenfor. "Ja nu kommer jeg!" sa Birgit med brusten stemme, idet hun gik helt og fast over gulvet til Bård, gav sin hånd til ham og brast i den hæftigste gråt. De to hænder klæmte til; de var utslitt begge to nu, men de holdt så fast, som om de hadde lett efter hinannen i tyve år. De holdt sammen ænnu da de gik mot døren, og da en stund efter brudefølget drog nedover mot støen, og Arne gav sin hånd til Eli for at gå foran, og Bård så på dette, da tok han mot al skik og bruk konen ved hånden og gik storsmilende efter, men bak dem kom Margit Kampen alene, som hun var vant til. Bård var rent overgiven den dagen; han sat og talte med skyssfolkene. En av disse der sat og så på fjællene bak dem, sa det var dog forunderligt, at selv slikt bratt fjæll kunde bli klædd. "Det må til, hvad enten det vil eller ej," sa Bård, han så ut over hele følget til han stanste ved brudefolket og konen; "slikt skulde ingen ha sagt for en tyve år siden," sa han.

Also available from JiaHu Books:

Skipper Worse – Alexander Kielland
Sne – Alexander Kielland
Garman & Worse – Alexander Kielland
Novelletter – Alexander Kielland
Else – Alexander Kielland
Fortuna – Alexander Kielland
Nye Novelletter/To Novelletter Fra Danmark – Alexander Kielland
Brand - Henrik Ibsen
Et Dukkhjem – Henrik Ibsen
(Norwegian/English Bilingual text also available)
Peer Gynt – Henrik Ibsen
Hærmændene på Helgeland – Henrik Ibsen
Fru Inger til Østråt -Henrik Ibsen
Gengangere – Henrik Ibsen
Catilina – Henrik Ibsen
De unges Forbund – Henrik Ibsen
Gildet på Solhaug - Henrik Ibsen
Kærligdehens Komedie - Henrik Ibsen
Synnøve Solbakken - Bjørnstjerne Bjørnson
Nils Holgerssons underbara resa genom Sverige - Selma Lagerlöf
Gösta Berlings Saga - Selma Lagerlöf
Den siste atenaren – Viktor Rydberg
Singoalla – Viktor Rydberg
Det går an - Carl Jonas Love Almqvist
Drottningens Juvelsmycke - Carl Jonas Love Almqvist
Röda rummet – August Strindberg
Fröken Julie/Fadren/Ett dromspel - August Strindberg
Fædra – Herman Bang
Egils Saga (Old Norse and Icelandic)
Brennu-Njáls saga (Icelandic)
Laxdæla Saga (Icelandic)
The Little Mermaid and Other Stories (Danish/English Texts) -
Hans-Christian Andersen
Die vlakte en andere gedigte (Afrikaans) - Jan F.E. Celliers

110